江苏省诗词协会 编

筑梦初心

——建党百年庆典
江苏诗词三百首

河海大学出版社
·南京·

图书在版编目(CIP)数据

筑梦初心：建党百年庆典江苏诗词三百首 / 江苏省诗词协会编. -- 南京：河海大学出版社，2021.12
 ISBN 978-7-5630-7365-8

Ⅰ.①筑… Ⅱ.①江… Ⅲ.①诗词—作品集—中国—当代 Ⅳ.①I227

中国版本图书馆 CIP 数据核字(2021)第 266680 号

书　　　名	筑梦初心——建党百年庆典江苏诗词三百首 ZHUMENGCHUXIN——JIANDANG BAINIAN QINGDIAN JIANGSU SHICI SANBAI SHOU
书　　　号	ISBN 978-7-5630-7365-8
策划编辑	朱婵玲
责任编辑	沈　倩　吴　淼
特约校对	蒋艳红　蔡芳盈
装帧设计	红骑士设计
出版发行	河海大学出版社
地　　　址	南京市西康路1号（邮编：210098）
电　　　话	（025）83737852（总编室） （025）83722833（营销部）
经　　　销	江苏省新华发行集团有限公司
排　　　版	南京布克文化发展有限公司
印　　　刷	江苏凤凰数码印务有限公司
开　　　本	718毫米×1000毫米　1/16
印　　　张	20.25
字　　　数	216千字
版　　　次	2021年12月第1版
印　　　次	2021年12月第1次印刷
定　　　价	78.00元

作者简介

江苏省诗词协会创建于1986年。几十年来,协会组织广大会员诗友贴近时代、深入生活、深入群众,创作了大量反映经济文化建设和社会生活的诗词作品。现任会长蒋定之,名誉会长顾浩、冯敏刚,常务副会长盛克勤,副会长江建平、丁捷、徐崇先、子川,秘书长刘中。

编辑委员会

主　任：蒋定之
副主任：盛克勤
编　委：江建平　丁　捷　徐崇先　子　川
主　编：盛克勤　子　川

序

"筑梦前行正百年，初心依旧自红船。征途已绘千重锦，仍把春风缀四边。"为庆祝中国共产党百年华诞，江苏省诗词协会于2020年10月发起了专题诗词征集活动，得到全省广大诗人词家及爱好者的踊跃参与，也得到了各级领导的大力关心和支持。截至2021年3月底，全省市县区诗词协会共收到庆祝党的百年华诞格律诗词作品近万首。经过反复筛选，遴选出一批优秀作品，参加了由江苏省党建学会、江苏省诗词协会、江苏省书法家协会联合主办的"诗书联袂 百年讴歌"庆祝中国共产党成立一百周年江苏诗词书法展。大展于5月下旬在江苏省美术馆隆重开幕，省委原书记梁保华、原南京军区政委方祖岐等十多位部省级领导出席开幕式，此后又在宿迁、南通、常州等地进行了巡回展出，产生了很好的社会反响。

本书所收作品，只是全部优秀作品中的一部分，体裁上包括诗、词、曲、对联等，作者中有德高望众的前辈，也有戎马一生的将军；有青春烂漫的学子，也有诗词创研的专家。他们皆以拳拳之心、眷眷之意、殷殷之情投入创作，作品中无不凝聚着我省广大诗人词家对伟大的中国共产党的热爱，对伟大的中国人民的热爱，对伟大的中国特色社会主义事业的热爱，对美好生活的热爱。

中国是文明古国，中华文化博大精深，尤以诗教而著称于世。"诗，可以兴，可以观，可以群，可以怨。"从《诗经》《离骚》到唐诗宋词元曲，诗魂成为中华文脉的核心，也是我们文化自信的重要根基。党的百年奋斗历程，也可以用红色诗歌记载辉煌历史。今天，我们以史铸诗，以诗存史，更是慷慨激昂，磅礴豪迈："华夏复兴千百折，不达峰巅誓不休(方祖岐)""岂怕云遮雾障，敢教风调雨顺，望征程、柳暗花明(顾浩)""大浪淘沙真金在，雄鸡唱彻中国红(冯敏刚)""腾飞敢忘谁撑柱？崛起终知党最强！(盛克勤)""华夏脱贫奇迹始，江山铁打万年春(徐一慈)""红船不老精神在，圆梦途中莫等闲(宋善岭)"。这些生动传神的诗句，不仅给人以传统的审美体验，更多的是时代风云的写照，是催人奋进的号角！

江苏是文化大省，正在建设文化强省，江苏的诗词创作、诗教工作也应在全国发挥表率作用。在纪念建党百年的光荣时刻，捧读此卷，令人振奋，也令人期待。我们要牢记习总书记"不忘本来，吸收外来，面向未来"的指示精神，善于从开启全面建设社会主义现代化国家的伟大事业中汲取营养，奋力笔耕，努力奉献，为党和人民创作出更多、更好的诗词作品，为建设"强富美高"新江苏作出更多的贡献。

是为序。

蒋定之

目 录

一 特邀作品

诉衷情·写在庆祝建党百年之际　蒋定之 / 3

沁园春·题南海永兴岛　蒋定之 / 4

破阵子·唱建党一百周年　方祖岐 / 5

对　联　朱文泉 / 6

共产党颂——为我党百年华诞而作　顾　浩 / 7

浣溪纱·贺中国共产党建党百年　冯敏刚 / 9

孺子牛　章剑华 / 10

百年讴歌——为建党一百周年作　盛克勤 / 11

满江红·百年锤镰　盛克勤 / 12

念奴娇·反腐倡廉百年感赋　江里程 / 13

满江红·百年辉煌　江建平 / 14

保家卫国抗美援朝七十周年英雄祭　徐崇先 / 15

党史百年之尼克松总统访华　子　川 / 16

恭贺建党百年　丁　芒 / 17

庆祝中国共产党成立一百周年　言恭达 / 18

庆祝中国共产党成立一百周年　章　节 / 19

二 优秀作品

贺新郎·建党百年颂溧阳　丁　欣 / 23

红船颂　丁小禾 / 24

南湖红船　丁凤萍 / 25

花发沁园春·同逐梦　丁建江 / 26

满江红·观全国脱贫攻坚总结表彰大会有感　丁剑华 / 27

中国共产党成立一百周年庆　丁德涵 / 28

水调歌头·贺建党一百周年　卜素真 / 29

建党百年赞　卜积祥 / 30

纪念建党百年诞辰　于光华 / 31

沁园春·庆祝中国共产党建党一百周年　于洪蔚 / 32

颂　党　马爱梅 / 33

镰锤万岁——纪念中国共产党百年诞辰　子　愚 / 34

满江红·红船疾驰百年吟　王　云 / 35

鹧鸪天·庆祝建党一百周年　王　锐 / 36

建党百年颂　王广宪 / 37

满庭芳·辉耀五洲　王立坤 / 38

颂建党一百周年　王永春 / 39

建党一百周年　王龙友 / 40

渔家傲·建党百年感怀　王吉勤 / 41

中国共产党百年诞辰感怀　王成文 / 42

红船咏——纪念建党一百周年　王兆浚 / 43

满江红·庆祝建党一百周年　王庆农 / 44

百年建党感赋　王向东 / 45

庆祝建党一百周年　王兴宗 / 46

南湖红船　王纪庚 / 47

满江红·庆祝中国共产党成立一百周年　王步琴 / 48

鹧鸪天·喜居别墅感党恩　王传芬 / 49

井冈山　王迪建 / 50

念奴娇·贺建党百年华诞　王育春 / 51

水调歌头·建党一百周年　王荐平 / 52

水调歌头·建党百年颂　王建飞 / 53

汉宫春·献给党百岁华诞　王淑云 / 54

念奴娇·南湖感怀　尤俊如 / 55

望海潮·建党百年颂　仇中文 / 56

【越调·天净沙】贺党百年华诞　卞金盛 / 57

题建党百年　方成勤 / 58

卜算子·颂党　方超驭 / 59

建党百年感怀　石元庆 / 60

庆祝建党一百周年　左朝芹 / 61

赞全部脱贫　叶达海 / 62

红船颂　叶明忠 / 63

念奴娇·游览南通沿江风光带　叶炳如 / 64

领航颂　卢继堂 / 65

沁园春·红船　田喆 / 66

临江仙·贺建党一百周年　田云鹤 / 67

渡江云·赋中国共产党成立一百周年　仝艳艳 / 68

普通党员的骄傲　印建生 / 69

建党百年颂　包松林 / 70

蝶恋花·建党百年献辞　包翠玲 / 71

家乡巨变——向建党一百周年献礼　冯凯军 / 72

百年感怀　朱小石 / 73

透碧霄·庆祝建党百年　朱云深 / 74

满庭芳·红船颂　朱正山 / 75

唐多令·中流砥柱，为党庆百年而作　朱玉海 / 76

沁园春·过宿北大战纪念馆　朱礼刚 / 77

红船颂　朱永兴 / 78

庆祝中国共产党建党一百周年　朱学余 / 79

庆建党百年　朱荣华 / 80

新　村　朱厚宽 / 81

建党百年颂　朱培学 / 82

建党百年有颂　朱慧静 / 83

建党一百周年赞　仲　琳 / 84

临江仙·庆中国共产党世纪华诞　任　兰 / 85

高阳台·纪念建党一百周年　华国平 / 86

建党百年上海一大纪念馆开馆寄怀　刘　任 / 87

咏中国共产党百年华诞　刘　琳 / 88

浪淘沙·南湖红船　刘希泉 / 89

庆祝建党百年华诞　刘修见 / 90

纪念中国共产党百年诞辰　刘凌林 / 91

庆祝中国共产党成立一百周年　刘鸿谋 / 92

遵　义　刘朝宽 / 93

庆祝中国共产党百年华诞　刘锡桐 / 94

建党百年感赋　闫长安 / 95

红船颂　汤宪华 / 96

望海潮·建党百年感赋　许主军 / 97

望海潮·镇江新貌　许国其 / 98

高阳台·贺中国共产党百年诞辰　孙　甦 / 99

千秋岁·宗旨——建党百年颂　孙　燕 / 100

百年颂　孙长继 / 101

沁园春·建党百年献歌　孙秀眉 / 102

瞿秋白　孙和章 / 103

伴云来·雨花魂　孙建国 / 104

庆中国共产党百年华诞　孙益民 / 105

建党百年礼赞　孙敬锐／106

建　党　杨　煜／107

东风第一枝·贺建党百年　杨自振／108

浪淘沙·致建党一百周年　杨红珍／109

纪念建党一百周年　杨柳柏／110

念奴娇·建党百年华诞　杨益安／111

沁园春·喜庆建党百年——颂歌献给党　杨寄华／112

中国共产党百年华诞　花景云／113

建党百年颂　苏良华／114

庆祝党的百年华诞治贫富民　李　敏／115

初心不变　李业奎／116

沁园春·百年颂歌　李四新／117

建党百年感赋　李永义／118

念奴娇·建党百年有怀　李克俭／119

鹧鸪天·庆中国共产党百年华诞　李明珠／120

沁园春·红船逐梦　李沛然／121

建党百年贺　李春生／122

沁园春·庆祝建党一百周年感怀　李洪兰／123

建党百年礼赞　李晓军／124

建党一百周年有感　李晓茹／125

意难忘·百年路　李隆兴／126

纪念中国共产党诞辰一百周年　严永年／127

党　旗　严荣德／128

浣溪沙·为中国共产党成立一百周年而作　严敦信／129

沁园春·路　吴秀来／130

南湖红船颂　吴献中／131

建党一百周年抒怀　吴锡春／132

到韶山　吴德麟 / 133

纪念中国共产党成立一百周年　何许人 / 134

建党百年庆　何培树 / 135

贺建党百年韵次十觞兄　余振民 / 136

西柏坡颂　谷万祥 / 137

先　锋　邹　俊 / 138

西江月·井冈山吟　邹晓耘 / 139

党旗颂——献给党的百岁华诞　邹振球 / 140

党旗颂——纪念中国共产党成立一百周年　闵永军 / 141

党引征程扬特色——庆祝建党一百周年　汪士延 / 142

纪念中国共产党百年诞辰　沈　丽 / 143

庆祝建党一百周年　沈曙明 / 144

母亲船　宋善岭 / 145

临江仙·颂改革开放四十年　张　莉 / 146

鹧鸪天·贺中国共产党百年华诞　张　涛 / 147

百年华诞颂词　张万路 / 148

卜算子·庆祝建党一百周年　张云龙 / 149

一剪梅·建党一百周年　张兴军 / 150

纪念中国共产党成立一百周年　张酉良 / 151

新荷叶·百年吟春　张欣欣 / 152

风入松·建党百年咏怀　张金果 / 153

宿北大战纪念塔　张修顺 / 154

喜庆中国共产党百年华诞　张保德 / 155

颂歌向党　张晓斌 / 156

庆祝中国共产党百年华诞　张铁军 / 157

庆祝建党一百周年　张继鹏 / 158

京沪高铁通车　张理华 / 159

沁园春·井冈翠竹　张培连 / 160

咏怀乡先贤秋白先生——纪念瞿秋白诞辰一百二十周年　张愚非 / 161

诉衷情令·百年大庆颂歌扬　陆文轩 / 162

贺建党一百周年　陆国华 / 163

中国共产党成立百年赞　陆承曜 / 164

辞献中国共产党百年诞辰　陆振德 / 165

行舟犹凭好风推——庆祝中国共产党建党一百周年　陆晨光 / 166

建党一百周年　陈　江 / 167

祝贺建党一百周年　陈　刚 / 168

水调歌头·建党一百周年赋　陈　倩 / 169

南湖烟雨　陈小坤 / 170

贺建党一百周年　陈广华 / 171

南湖红船颂　陈为从 / 172

鹧鸪天·筑梦百年　陈正平 / 173

踏莎行·写在建党百年之际　陈石奇 / 174

全面小康　陈龙驹 / 175

水调歌头·圆梦　陈光美 / 176

诉衷情令·建党百年抒怀　陈同九 / 177

建党百年有感　陈华明 / 178

建党百年颂　陈安祥 / 179

临江仙·红船——建党一百周年吟怀　陈志国 / 180

赞第一书记扶贫　陈宏嘉 / 181

建党百年颂　陈国柱 / 182

刘胡兰　陈宗照 / 183

念奴娇·井冈山　陈建华 / 184

水调歌头·十八届三中全会改革方案读后　陈祖堃 / 185

临江仙·百年华诞颂　陈祥华 / 186

水调歌头·庆祝中国共产党建党一百周年　陈清琦 / 187

西江月·建党百年颂　陈锦年 / 188

水调歌头·红船赞　宗寿华 / 189

建党百年颂　郑　威 / 190

定风波·颂歌中国共产党建党百年　武　燕 / 191

南湖伫望　林丽琴 / 192

新时代抒怀　杭建伟 / 193

意难忘·建党百年颂　苗杨松 / 194

纪念中国共产党诞辰百年　英成存 / 195

红　船　郁忠尧 / 196

八声甘州·贺党百年诞辰——党旗赞　尚爱民 / 197

破阵子·贺中国共产党成立一百周年　季惟生 / 198

庆中国共产党诞辰一百周年　金　焕 / 199

贺中国共产党百岁华诞　金长海 / 200

建党一百周年颂歌　周　森 / 201

沁园春·建党百年　周一清 / 202

满庭芳·贺中国共产党成立一百周年　周正英 / 203

南湖红船　周锦凤 / 204

建党一百周年颂　孟茂华 / 205

中国共产党建党百年抒怀　孟宪远 / 206

水调歌头·贺中国共产党成立一百周年　柳　琰 / 207

中国共产党百年诞辰喜赋　荀德麟 / 208

为国为民谋利益　赵永衡 / 209

百年赞　赵传法 / 210

庆祝中国共产党百年华诞　赵耀章 / 211

鹧鸪天·我把党来比大树　冒有祥 / 212

咏走进新时代　侯明铎 / 213

红船赞　段天洪 / 214

沁园春·追梦　俞可淼 / 215

观　潮　俞晓春 / 216

秋白咏　施国鸣 / 217

建党百年有怀　洪　亮 / 218

桂枝香·电影《孔繁森》观后　洪宝志 / 219

巫山一段云·长征　姚进恒 / 220

献建党百年　秦秋宁 / 221

建党百年有感　耿　震 / 222

建党百年　袁宗翰 / 223

庆祝建党一百周年　顾华中 / 224

南湖红船　夏　闯 / 225

纪念宿北大战胜利七十五周年　夏承斌 / 226

庆祝建党一百周年　钱万平 / 227

贺建党百年　徐　龙 / 228

浣溪沙·百岁翁庆建党百年　徐一慈（百岁诗翁）/ 229

鹧鸪天·参加庆祝建党一百周年系列活动寄怀　徐于斌 / 230

贺建党百年　徐长安 / 231

中央旧址西柏坡　徐长松 / 232

中共成立百年礼赞　徐向中 / 233

庆祝中国共产党建党一百周年　徐荣耿 / 234

高阳台·建党百年礼赞　殷桂兰 / 235

纪念建党一百周年　殷毅中 / 236

民族振兴掌舵人　奚必芳 / 237

八声甘州·中国共产党一百周年诞辰　郭乃英 / 238

金人捧露盘·建党百年颂　郭金标 / 239

百年新程　郭明辉 / 240

庆祝中国共产党建党一百周年　郭春红 / 241

建党一百周年感赋　高秋玲 / 242

纪念建党一百周年　高锡球 / 243

建党百年吟　高霭亭 / 244

庆祝建党一百周年　唐永明 / 245

建党百年感吟　凌秀云 / 246

念奴娇·重游南湖　浦耕霖 / 247

中国共产党成立一百周年庆　陶君华 / 248

百年红　萧宜美 / 249

鹧鸪天·中国共产党百年华诞有感　黄　磊 / 250

建党一百周年有感　黄太山 / 251

水调歌头·建党百年献辞　黄永杰 / 252

破阵子·叶挺将军　黄绍山 / 253

延安抒怀　黄树生 / 254

鹧鸪天·建党一百周年　曹　本 / 255

蝶恋花·建党百年话脱贫　曹永森 / 256

诉衷情·贺建党百年华诞　曹茂良 / 257

庆建党一百周年　盛莲纯 / 258

庆祝建党百年华诞　常　征 / 259

前程似锦吟　常美琴 / 260

初心不忘续长征　常承献 / 261

减字木兰花·建党百年回眸　宿浩良 / 262

庆建党百年华诞　韩　玉 / 263

建党百年颂　韩洪江 / 264

满庭芳·中国共产党百年辰　彭　春 / 265

念奴娇·彩绘百年　葛为平 / 266

鹧鸪天·庆祝建党百年华诞　蒋天明 / 267

南湖烟雨楼上作　蒋光年 / 268

临江仙·红船颂　蒋成忠 / 269

清平乐·南湖红船　蒋海波 / 270

红船畅想曲　蒋继辉 / 271

鹧鸪天·中国共产党建党一百周年颂　蒋瓒曾 / 272

党庆百年感赋之红军抢渡　嵇尚文 / 273

沁园春·庆祝中国共产党成立一百周年　程越华 / 274

渔家傲·贺中国共产党建党一百周年　程璧珍 / 275

满江红·庆祝中国共产党建党一百周年　储长林 / 276

为中国共产党建党一百周年作　焦佃毕 / 277

强　军　鲍荣龙 / 278

破阵子·庆启明祝建党百年华诞　蔡棣华 / 279

百年星灯心底亮　蔡煜伦 / 280

颂中国共产党百年　樊惠彬 / 281

庆祝建党一百周年抒怀　颜廷云 / 282

党诞百年有颂　潘一新 / 283

怀念周恩来总理　潘仁奇 / 284

百年党魂塑英雄　潘业国 / 285

建党百年颂　薛太纯 / 286

建党一百周年有感　薛招娣 / 287

庆祝党百年华诞　戴　伟 / 288

庆祝建党一百周年　魏新义 / 289

满庭芳　魏福英 / 290

祭雨花英烈　魏艳鸣 / 291

三　部分评委作品

鹧鸪天·庆祝建党一百周年　钟振振 / 295

对　联　徐　红 / 296

楚宫春慢·过嘉兴南湖为建党百年而作　赵克舜 / 297

卜算子·初心永恒　杨学军 / 298

沁园春·建党百年颂　舒贵生 / 299

建党百年感怀　渠芳慧 / 300

虞美人·济南战役　朱思丞 / 301

建党一百周年感赋　尹国庆 / 302

一 特邀作品

诉衷情·写在庆祝建党百年之际

蒋定之

神州万里舞东风，赤县翠千重。
百年回首堪叹，地覆天翻中。
追岁月，逐长空，战旗红。
南湖棹去，横槊依然，浪遏从容。

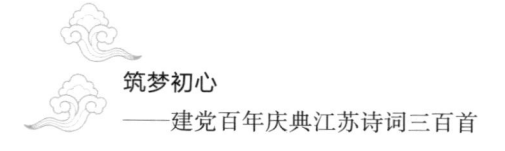

沁园春·题南海永兴岛

蒋定之

千里凝云，万水连天，孤屿衔空。

看危岩峭立，岸收澎湃；浪喷碎玉，映出飞虹。

南国天涯，海中地角，但见边陲浩瀚风。

汪洋处，挽狂澜既倒，砥柱葱茏。

今朝谁与争锋？

陈舰艇、三军俱满弓。

想郑和南下，舟师七出，当年事业，疆至西东。

征路相通，江山有幸，换了新姿执手中。

承平日，喜渔歌唱晚，月色溶溶。

破阵子·唱建党一百周年

方祖岐

辟地开天壮举，沧桑百岁回眸。
万水千山行险路，难得今朝壮志酬。
相邀梦里游。

挑战频频何惧？初心不改真牛。
华夏复兴千百折，不达峰巅誓不休。
风光耀五洲。

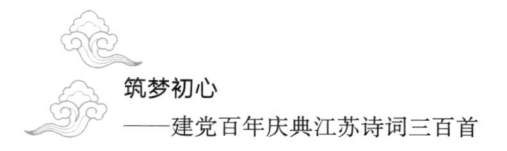

对　联

朱文泉

觉醒先贤，红船一叶劈横浪；
可期后辈，赤县千秋歌大同。

共产党颂
——为我党百年华诞而作

顾 浩

跃上珠峰，

挥起椽笔，

也难赋、万众衷情！

不忘百年之前，

正是九州遭殃，

南湖轩腾大救星！

鏖战廿八载，

力拔三座山，

中华昂首环球惊！

面临满目疮痍，

针对各类症结，

千废俱随日月兴！

岂怕云遮雾障，

敢教风调雨顺，

望征程、柳暗花明！
四十余春改革，
五十六族奋斗，
终夺得、富国强兵！
新时代伟业，
举世间奇迹，
为天下苍生更康宁！
赤县悠悠，
往事纷纷，
镰锤旗辉盖汗青！

浣溪纱·贺中国共产党建党百年

冯敏刚

南陈北李定初衷，
沪会红船启战程。
开天辟地取一经。

大浪淘沙真金在，
雄鸡唱彻中国红。
改革开放近梦成。

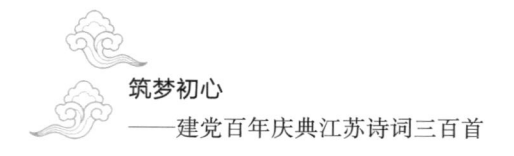

孺子牛

章剑华

为祖国甘洒热血献春秋,
为人民俯首甘为孺子牛。

百年讴歌
——为建党一百周年作

盛克勤

风雷百载几沧桑，
伟业彪荣旷世煌。
曾记贫穷遭践辱，
难泯水火被欺殃。
腾飞敢忘谁撑柱？
崛起终知党最强！
试看阵营今又垒，
寰球举目望东方。

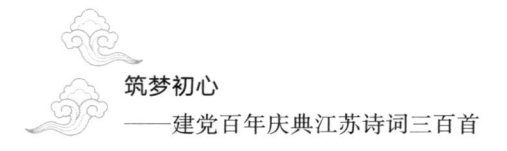

满江红·百年锤镰

盛克勤

嘉沪相衔，此一刻、飞倏百年。

兴业当、彼时安晓，筑梦初喧。

望志风华皆正茂，变端无阻誓盟坚。

恰玉成、湖浪涌红船，掀赤澜！

风云幻，难尽观。

斗封建，战侵顽。

纵美盔援蒋，亦败偏湾。

卿本工农劳作手，自持主义捷频传。

据锤镰、复振大中华，应必嫣！

念奴娇·反腐倡廉百年感赋

江里程

开天辟地,见东方欲晓,风云飞渡。

血染锤镰擎赤帜,百载扬清除腐。

浦镇荷波,清贫志敏,又抗联靖宇。

但为民众,清华何惧疾雨?

西柏坡上挥师,初心赶考,诛刘张贪蠹。

历览古今多少事,奢败俭成无数。

猛药治疴,斩顽除恶,治本清源处。

若非长治,安能清正如许。

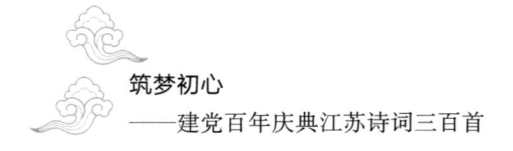

满江红·百年辉煌

江建平

放眼中华，全球赞、百年巨变。
曾记否、三山压顶，众贫磨难。
党立初心循夙愿，神州大地光明现。
信仰树、执政为人民，春无限。

耕地制，终改面。
思想放，征程炼。
看桥楼车路，蓦然成片。
揽月登天云可渡，克艰化险威能建。
新时代，赏朗朗乾坤，辉煌羡。

保家卫国抗美援朝
七十周年英雄祭

徐崇先

三八枪声举世惊，
野心狼子犯边城。
唇亡即刻秣车马，
国立深谋遣将兵。
鸭绿江红松骨裂，
长津湖白士躯横。
山崩地陷上甘岭，
一战威扬保太平。

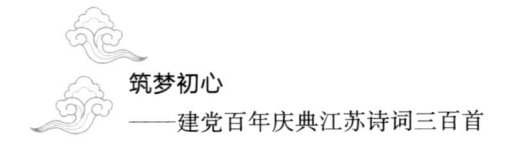

党史百年之尼克松总统访华

子 川

望中美景莫能题，
世事难名路易迷。
日月同辉无远近，
尘埃不定失东西。
卧龙腾雾飞天去，
归马饮江隔水栖。
闻道小球擎宇宙，
春风桃李自成蹊。

注：1972年2月21日，美国总统尼克松访华。毛泽东主席会见了尼克松总统，周恩来总理与尼克松总统进行了会谈。2月28日，中美双方在上海发表《中美联合公报》，宣布中美两国关系走向正常化。

恭贺建党百年

丁 芒

镰锤高举启红船,
一变沧桑越百年。
星火燎原迎福祉,
神州四季不寒天。

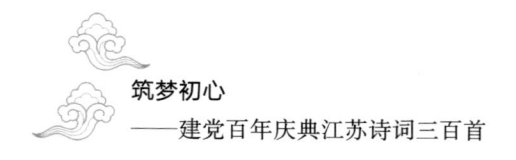

庆祝中国共产党成立一百周年

言恭达

乐颂期颐海屋诗，
千秋鼎业党恩慈。
尧天旷古殊勋立，
一脉长流德泽驰。

筑梦初心
——建党百年庆典江苏诗词三百首

庆祝中国共产党成立一百周年

章 节

赤帜镰锤指路长，

百年建党铸辉煌。

中华兴盛今非昔，

民庆小康国富强。

二　优秀作品

贺新郎·建党百年颂溧阳

丁　欣

旭日腾腾起。
看东方、金光万道，彩云千里。
劈浪翻波潮头动，无数长龙豪气，
滚滚自、苍茫天际。
一片涛声从金濑，引南山竞作奔腾势。
吴楚地，壮如是。

金潮托出层层翠。
正和风、丝丝拂面，锦帆飞驶。
矗立昆仑兴产业，顿展扶摇双翅。
掠过了、沧溟烟水。
带得农林工商建，向明朝再写辉煌史。
花竞发，远人至。

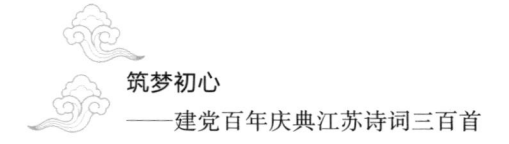

红船颂

丁小禾

南湖涌浪动雷声,
逆水飞舟砥砺行。
使命担肩扶社稷,
寸心鼎力济民生。
红船开启百年计,
薪火先燃万里程。
赤色党旗鲜血铸,
功勋自有载嘉名。

南湖红船

丁凤萍

一自鼓帆行，
初心已铸成。
叩舷红韵谱，
击浪碧波生。
礁暗当思慎，
潮汹浑不惊。
驶来新盛世，
再向险涛征。

花发沁园春·同逐梦

丁建江

万里征途，百年拼搏，卓然不屈风骨。
驱除敌寇，建设中华，无畏酷寒霜雪。
殷殷热血，长激荡、英雄豪杰。
为国为民引航程，重重山岭攀越。

时代书新一页。
正迎风行帆，拓取雄捷。
重霄揽月，瀚海擒蛟，再把火星来涉。
波澜壮阔，同逐梦、眉扬心悦。
唱一曲、竞写风流，沁园春又花发。

满江红·观全国脱贫攻坚总结表彰大会有感

丁剑华

治国安邦,脱贫战、栉风沐雨。
啃硬骨、披荆斩棘,赴奔征路。
任劳任怨呕沥血,千山万水逾雄步。
瞄准扶、吹响进军号,何知惧。

表彰会,功臣誉。
总书记,精言语。
诚庄严宣告,脱贫胜取。
彪炳史书千古迹,百年建党成功铸。
更感人、泪目一躬身,掌声鼓!

中国共产党成立一百周年庆

丁德涵

气压京畿旧日都，
红船破浪起南湖。
关河板荡三春涌，
草木氤氲万鹊呼。
岭动烟深皆滴翠，
荷连风定尽流酥。
苍生霖雨天同乐，
不忘初心看哲符。

水调歌头·贺建党一百周年

卜素真

百年迎华诞,锣鼓响云天。

万里霞光璀璨,挥手赤旗旋。

唯有牺牲铭志,敢使敌人丧胆,胜利喜连连。

建立共和国,万众尽欢颜。

旭日升,朝霞漫,起征帆。

工农科技,飞跃发展奏琴弦。

北斗嫦娥伴月,航母蛟龙闹海,两弹一星全。

网络织华夏,飞船载梦圆。

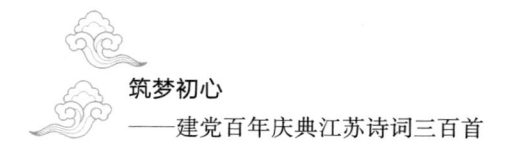

筑梦初心
——建党百年庆典江苏诗词三百首

建党百年赞

卜积祥

为国披肝胆,
精诚冠古今。
长从民族计,
誓不忘初心!

纪念建党百年诞辰

于光华

谁主沉浮谁导航，
红船引领赤旗扬。
锤镰铸力同舟渡，
稳舵前行腹有囊。
风雨百年回首望，
峥嵘岁月复辉煌。
神州喜庆人民乐，
不改初衷续远方。

筑梦初心
——建党百年庆典江苏诗词三百首

沁园春·庆祝中国共产党建党一百周年

于洪蔚

一路高歌，百年风雨，百载辉煌。

忆南湖波涌，红船帆起；黄洋炮响，翠竹帷张。

逐鹿中原，投鞭江汉，血染山河图救亡。

新中国，似初升旭日，辉耀东方。

守成续写华章。

赶考去，须毋学闯王。

有雄文数卷，安能失路。初心一颗，岂畏强梁。

漫道雄关，扬眉进击，至伟功成梦国强。

华诞至，看神州处处，赤帜飞扬！

颂 党

马爱梅

七月南湖赤帜鲜,
神州从此谱宏篇。
铸新淘旧乾坤转,
逐雾驱云日月妍。
改革书成春故事,
复兴绘就艳阳天。
巨轮百载潮头立,
破浪乘风绮梦圆。

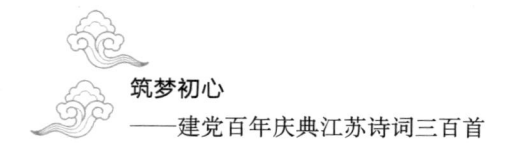

镰锤万岁
——纪念中国共产党百年诞辰

子 愚

破晓南湖一派惊,
镰锤铁打胜长城。
江山翻覆操戈起,
星火倾危背水生。
拔地九州终烂漫,
擎天大国又纵横。
百年砥柱何其壮,
根在人民梦定成。

满江红·红船疾驰百年吟

王 云

鸦片狼烟，摧尧域，陆沉岁月。

寇夷掠，众山流泪，大江悲噎。

"八秩"盾矛家与国，万千豪俊颅和血。

路漫漫，帆挂自南湖，翻新页。

夷倭败，前耻雪。

金陵黯，星旗拂。

看神州崛起，蛰龙腾越。

致富脱贫民众喜，强军护国貔貅慑。

喜艨艟今日破惊涛，前程晔。

注：八秩，指从鸦片战争到中国共产党诞生，历八十年。

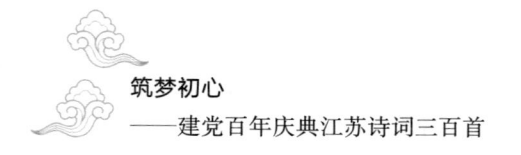

筑梦初心
——建党百年庆典江苏诗词三百首

鹧鸪天·庆祝建党一百周年

王　锐

百载红船又起航，
一旗领路未慌张。
腾飞天上知宽阔，
换了人间达小康。
潮水白，菊花黄，
浪头风口尽端详。
只求摇橹行舟稳，
不畏攻坚战线长。

建党百年颂

王广宪

红船代有领航人，
一习春风壮国魂。
反腐千钧立佳气，
扶贫万户共清芬。
任凭环宇寒流急，
且舞神州暖日熏。
揽月九天豪杰在，
百年大梦起昆仑。

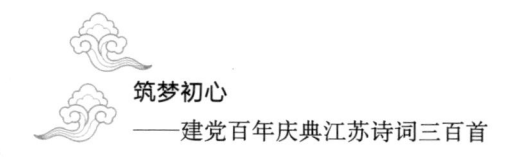

满庭芳·辉耀五洲

王立坤

高峡平湖，重山叠翠，邑乡陌野葱茏。
坦途原岭，电网隐云中。
港澳桥连一体，江河上、道道飞虹。
旌旗处，弦歌劲舞，鼓乐醉殷丰。

欢容，欣砥砺，创新科技，无数豪雄。
看巡宇神舟，探海蛟龙。
铁甲精兵重舰，王师远、沐雨经风。
时光越，泱泱华夏，辉耀五洲同。

颂建党一百周年

王永春

百年沧海易桑田，
世界潮流我领先。
白叟惜珍光景好，
初心不忘忆红船。

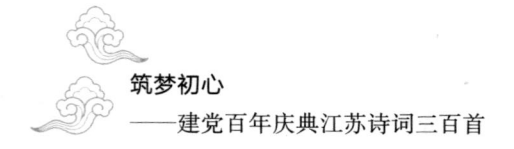

建党一百周年

王龙友

丰收节里晒丰收,
惠及三农更喜秋。
时露盈棚青圃豆,
宜居胜境雪翎鸥。
授渔致富霓虹梦,
拓路通商云海舟。
燕舞邦宁民击壤,
一篇日记说乡愁。

渔家傲·建党百年感怀

王吉勤

前辈红船融信仰,巨星闪闪征途亮。
二万五千攀叠嶂。
冲恶浪,延安擎帜驱倭蟒。

烽火硝烟终涤荡,江山瑞日长兴旺。
航母嫦娥新曲唱。
初心讲,百年华诞明航向。

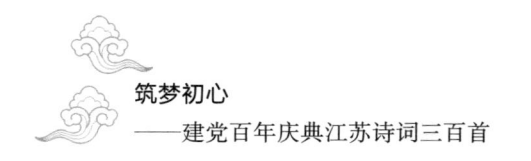

中国共产党百年诞辰感怀

王成文

镰锤托举漫山红,
创业安邦百世功。
策起南湖船沐雨,
魂牵北国塔临风。
尝驱铁马追顽寇,
也驾神舟上碧穹。
不改初心谋大事,
潮头挺立最英雄。

红船咏——纪念建党一百周年

王兆浚

冬宫炮火送曦光，
苦雨方舟始启航。
一桨一篙牵国运，
百年百举遂民望。
沉沉喋血湘江路，
浩浩弄潮前海章。
夹岸欢声风又起，
开元雄远沐新阳。

满江红·庆祝建党一百周年

王庆农

灿灿群星，朝北斗、光芒无比。

回首处、百年狮醒，啸天撼地。

马列红旗扬禹域，中华特色书青史。

砥柱擎，巨手指航程，冲波起。

驱暗夜，灯似炽；

挥彩笔，霞如醉。

筑神州好梦，水明山翠。

万众一心跟党走，五湖四海同舟济。

看康庄、大道骋骅骝，风雷掣！

百年建党感赋

王向东

百年成就庆纷纷，
振兴中华绕梦魂。
遍地风光何处好，
动人最是脱贫村。

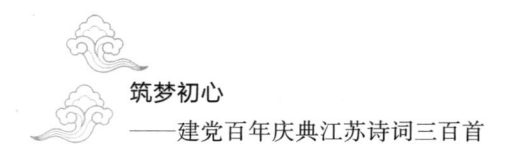

庆祝建党一百周年

王兴宗

神州崛起变沧桑，
一扫弱贫龙运昌。
三代传承尧舜禹，
七旬砥砺立康强。
锤镰高举光天地，
刀剑勤磨拒虎狼。
回首欢歌昂首笑，
期颐圆梦更飞觞。

南湖红船

王纪庚

挺身乱世数风流,
革命洪潮起小舟。
百载聚英千百万,
南湖曙色染神州。

满江红·庆祝中国共产党成立一百周年

王步琴

万里乾坤，风云涌，旌旗猎猎。

今放眼，城乡劲鼓，沸腾腔血。

一帜镰锤革命路，无边山海阴晴月。

握青笔，数百载征程，声如铁。

摧枯朽，驱蛇蝎，

钻隧道，登天阙。

看深空月探，大洋鳞揭。

高奏友邦同富曲，长擎大国攻坚钺。

听鼎鸣，四海壮军威，真豪杰。

鹧鸪天·喜居别墅感党恩

王传芬

茅顶泥墙一破窗，
明三暗五转风光。
春来冬去堂楼起，
瑞绕霞辉家运昌。

兴入市，笑离乡。
人居名郡购新房。
花园别墅豪情表，
跟党高歌奔小康！

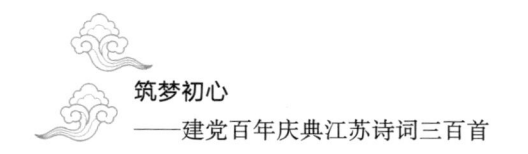

井冈山

王迪建

峰峦扬赤帜，
火炬漫天星。
雨打碑犹立，
霜侵竹更青。
一心朝圣地，
千里取真经。
信仰谁能继，
来人细细听。

念奴娇·贺建党百年华诞

王育春

幽幽长夜,见红星照耀,云涌风起。

霜雪几多经磨砺,寻得井冈真理。

赤水惊涛,巨浪拍岸,为国同生死。

纵横天下,我军当者披靡。

血染猎猎旌旗,引航搏击,日出江花美。

重走长征强国路,不忘为民宗旨。

创业扶贫,耕耘巷野,开辟新天地。

与时俱进,复兴中华盛世。

水调歌头·建党一百周年

王荐平

日落大江咽，雾重九州颓。
金瓯破碎残缺，故国泪纷飞。
历尽沉沉夜永，呼出东方欲晓，云涌起风雷。
望志迸星火，旗帜灿镰锤。

逝歌泣，忆慷慨，蔚丰碑。
匡持真理，昂首志立泰山巍。
任尔狂风骤雨，我自岿然屹立，何惧霸淫威。
信仰终如铁，玉宇共新晖。

水调歌头·建党百年颂

王建飞

华夏巨龙舞,万象更新天。
喜尝改革成果,甘露润心田。
火箭飞船双献,航母蛟龙共庆,天地两相牵。
科技赶潮汐,提速上高端。

复兴志,思革故,续宏篇。
开来继往,环宇唯我更昂然。
只有红旗在手,才可宏图绘就,迎浪挺双肩。
双百豪情迈,奋力再加鞭。

汉宫春·献给党百岁华诞

王淑云

百载回眸,自南湖摇橹,天地沧桑。
而今惊看,九州遍地春光。
青山绿水,庆升平,歌舞传觞。
思万里、征程重启,英雄更谱华章。

三省鸡鸣声里,忆曾经策马,困苦难当。
人间一番变换,直取康庄。
巡天北斗,与嫦娥、共舞霓裳。
深海处、蛟龙时探,环球何怕豪强。

念奴娇·南湖感怀

尤俊如

抬头眺望，见晴空万里，一天红日。
万物熙熙春锦绣，潋滟湖光青碧。
小艇扬波，中流拥翠，惹得鸥抟翼。
举杯邀饮，望中如此秀色。

追忆风雨红船，燎原星火，帜动乾坤赤。
奋斗百年为复兴，流血牺牲何惜。
不忍寰球，频惊华夏，吓煞西洋客。
谁为高手，眼前时局如弈。

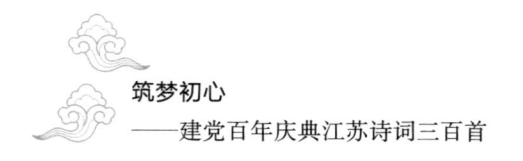

筑梦初心
——建党百年庆典江苏诗词三百首

望海潮·建党百年颂

仇中文

镰锤辉耀,曙光催晓,九州星火燎原。
真理领航,初衷奋志,长征力挽狂澜。
风雨也如磐。
救危亡国势,浴血当先。
驱寇挥师,气凌霄汉震人寰。

红旗插遍河山。
看乡村都市,沧海桑田。
葵藿有倾,人心所向,邦兴民富空前。
禹甸尽欢颜。
创百年鸿业,绮梦今圆。
擘画千秋愿景,争渡有红船。

【越调·天净沙】贺党百年华诞

卞金盛

炮声马列传扬。
锤镰赤帜辉光。
大地繁花竞放。
百年回望，
中华傲立东方。

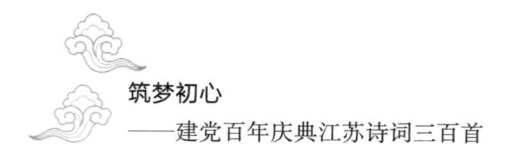

题建党百年

方成勤

狂舞群魔多少年，
南湖圣火荡尘寰。
春风到处苍生醒，
惠政及民华夏安。
科技强军成重器，
铁拳打虎聚真贤。
百年党建今朝喜，
朝日一轮升昊天。

卜算子·颂党

方超驭

推倒三座山,天地霞光照。
昂首巍巍立亚东,彰显风姿好。

砥砺向前行,代代初心葆。
开放图新架金桥,华夏红梅俏。

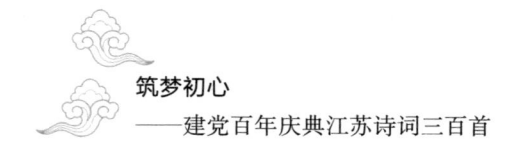

建党百年感怀

石元庆

举帜南湖震八荒,
泱泱华夏起苍黄。
天翻地覆开新纪,
虎跃龙腾著锦章。
红是基因千载盛,
绿融生态九州昌。
复兴伟业惊环宇,
劲卷雄风壮远航。

庆祝建党一百周年

左朝芹

红船烟雨启征程,
引领工农破浪行。
二十八年蓝缕路,
神州大地焕新生。

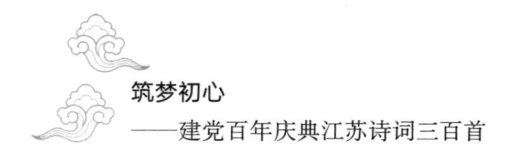

筑梦初心
——建党百年庆典江苏诗词三百首

赞全部脱贫

叶达海

启动红船破浪前，
救民水火赖中坚。
驱倭逐蒋山河改，
抗美援朝智勇兼。
温饱小康圆国梦，
富强大有著诗篇。
百年巨变唯华夏，
全部脱贫天下先。

红 船 颂

叶明忠

那年放胆擎旗发,
解冻南湖破浪行。
一路艰辛多壮烈,
百年砥砺更峥嵘。
弄云化雨苍生颂,
沥血扬帆梦路征。
勇立潮头望彼岸,
惊涛博弈又登程。

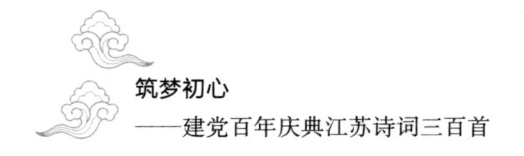

念奴娇·游览南通沿江风光带

叶炳如

凭栏远望,正江天空阔,腾波涌碧。
巨舰艨艟斜照里,映日帆樯如壁。
近水遥山,松林花海,多少休闲客。
欢歌笑语,韵扬龙爪岩石。

应念奋斗经年,凝心聚力,不忘初衷赤。
护绿培青千古事,延续长江生脉。
鱼跃鸢飞,花开草长,锦绣江山画。
无量功德,子孙当记魂魄。

注:龙爪岩,五山沿江风光带著名景点,上有灯塔。

领航颂

卢继堂

故国陆沉悲夜长,
红船筑梦破冰航。
开天辟地燎原起,
迎日拨云赤帜扬。
硬核坚铿摧虎兕,
春风赤县换新装。
牢擎特色昌斯世,
大道不孤威八荒。

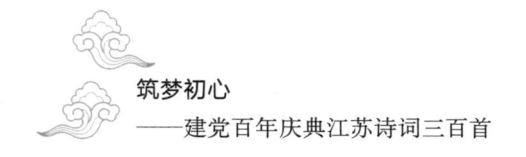

筑梦初心
——建党百年庆典江苏诗词三百首

沁园春·红船

田 喆

惊世红舟，沐雨千番，踏浪百年。
忆征途险险，寒风朔朔，航程万万，骇浪连连。
斩浪披波，乘风击水，不忘初心直向前。
江河染，看万山红遍，旗艳霜天。

今朝誓领航船。
继先烈遗风志更坚。
看上天揽月，下洋捉鳖，东风快递，南海维权。
崛起神州，复兴大业，百变之年逐梦圆。
征帆鼓，更航前行远，力挽狂澜。

临江仙·贺建党一百周年

田云鹤

星火南湖天地变,
沧桑岁月峥嵘。
救民水火国为宗,
抛颅遵信仰,
洒血染天彤。

改革蓝图书锦绣,
国强民富昌隆。
欣逢华诞颂丰功,
旌歌千里籁,
旭日九州同!

渡江云·赋中国共产党成立一百周年

仝艳艳

立东极宝塔，图腾龙柱，祥瑞满神州。
此时春处处，千里苍穹，雄翅自云游。
山河袖墨，魂梦绕，黄月江秋。
一盏灯，红船立党，百折斩狂流。

心头。征衫儿女，抛断缠绵，浸苔花如锈。
如今是，壮心未歇，甘为三牛。
人间应似蓬莱境，轻鸥舞，霞照长绸。
无限意、盛华岁岁悠悠。

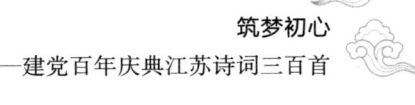

普通党员的骄傲

印建生

风雨楼前天未晓，
红船起碇出龙津。
中流击浪百年整，
我作镙钉四十春。

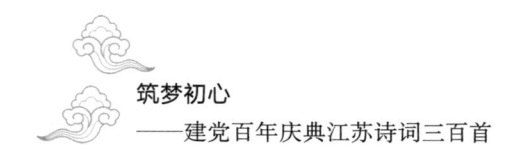

建党百年颂

包松林

烟雨南湖初启航,
锤镰斩棘几沧桑。
三山倾倒风云激,
两纪纵横华夏昌。
四海擒蛟舒壮志,
九天揽月奋图强。
百年圆梦新时代,
精准脱贫奔小康。

蝶恋花·建党百年献辞

包翠玲

百岁芳华风雨越。
碧海红船,多少青春血。
八一枪声音响彻。
井冈烽火丹心列。

宝塔灯光辉日月。
势转乾坤,遍地狼烟歇。
神女当惊今古别。
蓝图擘画军民悦。

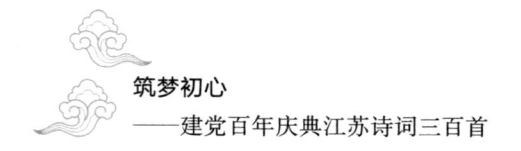

家乡巨变
——向建党一百周年献礼

冯凯军

栋栋楼房欲接天，
柏油马路过门前。
村区打造观光带，
地亩转型生态田。
银杏园中秋舞蝶，
白云乡里夏开莲。
轿车载着耘锄去，
一派兴农富茂篇。

百年感怀

朱小石

百载历程艰,
旗开尧舜天。
初心昭日月,
使命鉴锤镰。
立党无私利,
维民有诺言。
复兴圆伟梦,
再写大宏篇。

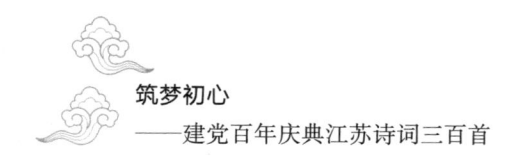

筑梦初心
——建党百年庆典江苏诗词三百首

透碧霄·庆祝建党百年

朱云深

党旗红，百年华诞九州同。

安居乐业，街衢熙盛，百业昌隆。

军强威壮，深洋捉鳖，星耀苍穹。

看中华，不再贫穷。

满目生机翠，民心归戴，四海尊崇。

昔峥嵘岁月，南湖精舫，史册墨新浓。

碎锁枷，镰锤铸，抛洒热血群雄。

抗倭勘乱，中华崛立，当政农工。

党领航、华夏繁雄。

道前途艰远，唯记初心，再立新功。

满庭芳·红船颂

朱正山

碧水南湖，红船普渡，舱容天下精英。
长庚破晓，涛起漫天惊。
犁浪飞舟击水，两万五，鼎定波平。
营百载，弘扬特色，沧海锦帆行。

复兴齐筑梦，高科精进，富国强兵。
树大国风标，斗指津明。
砥砺创新时代，游霄汉，耕月追星。
深情处，蓝图绘就，舵手笛长鸣。

唐多令·中流砥柱，为党庆百年而作

朱玉海

辛丑屈神州，几多国难留。
举红旗迈步前头。
岁月峥嵘艰险路，
执椽笔，写春秋。

大业百年筹，辉煌眼底收。
看今朝已是新牛，
无论风云多变幻，
擎天柱，立中流。

沁园春·过宿北大战纪念馆

朱礼刚

露净霜浓，柏苍松翠，岭固碑牢。
纵马陵风雨，七十四载，念中常记，宿北英豪。
晓店烽烟，三台烈火，血染峰山日色潮。
今来处，有雄魂犹在，壮气冲霄。

何惜馆列丰饶，
把革命先驱事迹昭。
引全民聚力，向心发展，激扬旗帜，竞舞楫篙。
红色乡原，文明热土，再展宏图赶比超。
莫须问，自前程锦绣，春路条条。

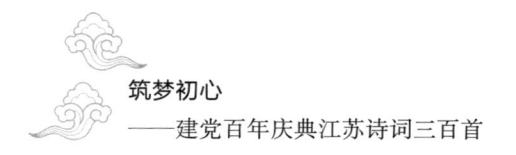

红船颂

朱永兴

南湖举楫启红船，
壮丽航程骋百年。
剑破惊涛千戟动，
电驱迷雾一帆前。
重重险隘路焉挡？
片片初心志总坚。
引棹骎骎开柳岸，
九州雀跃艳阳天。

庆祝中国共产党建党一百周年

朱学余

南湖曙色映红船,
光耀神州拓丽天。
星火燎原驱恶魅,
旌旗卷戟迈雄关。
百年风雨初心永,
万里征程前景宽。
尽管风云多变幻,
中流砥柱有锤镰。
锦绣山河添彩景,
前程伟业复兴圆。

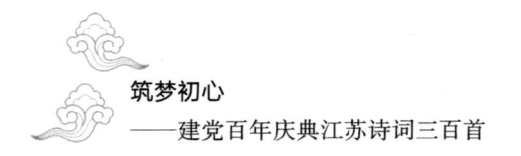

庆建党百年

朱荣华

气朗神清举世崇,
湘江浪涌贯长空。
三山推倒黎民喜,
四海升平伟帜红。
万里初心强国梦,
百年帷幄脱贫功。
旌旗代代齐高举,
云卷霞飞党为公。

新　村

朱厚宽

红鲤青蛙戏碧波，
黄莺翠柳和新歌。
乡村画秀农家乐，
党引船航幸福河。

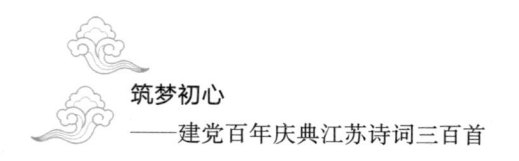

建党百年颂

朱培学

七月光芒冲斗宿，
百年神彩焕山河。
此中多少英雄血，
化作长城发浩歌！

建党百年有颂

朱慧静

梦筑南湖记有年,
红帆挂帜曜山川。
初心未负苍生志,
换得神州锦绣天。

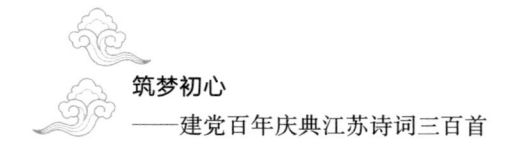

筑梦初心
——建党百年庆典江苏诗词三百首

建党一百周年赞

仲　琳

马列红船纲领动，
雷霆四起破霾魔。
莽苍华夏三朝梦，
风雨先驱十秩过。
复兴唯应呈赤胆，
带途须自辟涛波。
百年党诞神州庆，
放眼长航浪跃歌。

临江仙·庆中国共产党世纪华诞

任 兰

一自红船航启,朝朝风雨兼程。
挥戈回日敢休停。
看参横斗转,万象竞蒸蒸。

变局百年未有,初心犹系豪情。
中华儿女尽鲲鹏。
同圆中国梦,协力再长征。

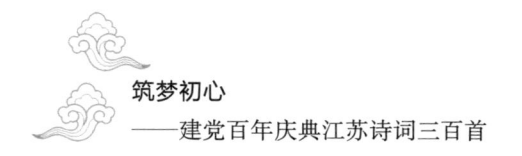

筑梦初心
——建党百年庆典江苏诗词三百首

高阳台·纪念建党一百周年

华国平

火种萌生，红船诞党，锤镰闪耀光芒。

逐蒋驱倭，洪流席卷穹苍。

工农奋起三山倒，笑谈间，横扫豪梁。

巩金瓯，重塑中华，勇敢担当。

鞠躬尽瘁平天下，正励精图治，整顿朝纲。

谨记初心，始终使命难忘。

创新机制谋飞跃，誓争先，发愤图强。

喜而今，海晏河清，国富民昌。

建党百年中共一大纪念馆开馆寄怀

刘 任

初心始发地，
伟大开端时。
百载征帆远，
千秋大业驰。
面墙寻奥秘，
入馆释悬疑。
仰读宣言句，
为民志不移。

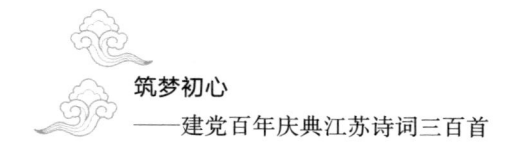

筑梦初心
——建党百年庆典江苏诗词三百首

咏中国共产党百年华诞

刘 琳

挥镰举帜谱新篇，
风雨兼程一百年。
九域承平民作主，
三山推倒梦为鞭。
浪高无奈航船稳，
流急全凭舵手贤。
大国襟怀昭日月，
中华国运史无前。

浪淘沙·南湖红船

刘希泉

潋滟水中船，梦幻云烟。
嘉兴湖岸说从前。
习习寒风吹绿柳，不享贪欢。

今日忆当年，羽化成仙。
红旗冉冉映南天。
后继有人心喜悦，使命如磐。

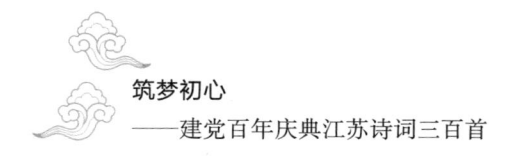

筑梦初心
——建党百年庆典江苏诗词三百首

庆祝建党百年华诞

刘修见

百炼千锤一纪年,
学习马列扭坤乾。
红船破雾初心定,
赤水铺霞星火燃。
漫漫长征迎雨骤,
巍巍宝塔退敌顽。
二十八载河山转,
镰斧精神万代传!

纪念中国共产党百年诞辰

刘凌林

华夏之魂沪上凝，
百年奋战路峥嵘。
锤镰凌厉江山易，
马列辉光新祚生。
万众一心朝北斗，
党群协力向清平。
征程自有领头雁，
伟业能无世眼惊。

筑梦初心
——建党百年庆典江苏诗词三百首

庆祝中国共产党成立一百周年

刘鸿谋

一船飞渡气凌云，
满载经天济世文。
锻造锤镰辉玉宇，
为民立极建殊勋。

遵 义

刘朝宽

苍天显意迹难寻,
遵义其名造化深。
廿八笔锋藏大数,
果然依此拥兴芯。

庆祝中国共产党百年华诞

刘锡桐

山河破碎夜深沉,
国运颠连万马喑。
锚启南湖惩腐恶,
星辉北斗照丹岑。
锤镰映日经天地,
马列强基壮古今。
华诞百年歌党庆,
复兴圆梦诵诗吟。

建党百年感赋

闫长安

百年华诞忆峥嵘,
砥砺镰锤永结盟。
黄浦腾光销暗夜,
红船载梦启航程。
群筹帷幄乾坤转,
躬拓康庄世界惊。
可笑列强螳臂碎,
龙飞环宇奋长征。

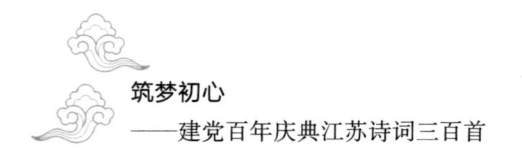

红船颂

汤宪华

南湖红舫冠群英,
击水中流破浪行。
引领工农除旧制,
点燃烽火启新程。
赤旗高映云和月,
铁马长嘶血与情。
守得初心开盛世,
百年圆梦史留名。

望海潮·建党百年感赋

许主军

申江波涌,南湖灯亮,锤镰淬火天惊。
关隘万险,沙场百战,荆途喋血拼争。
信念铸忠诚。
飓风扫霜雪,春暖龙腾。
大略雄图,伟人思想指航程。

阳和气爽空晴。
看花红果熟,水绿山青。
铺轨架桥,巡洋探海,飞船勘月奔星。
追梦待功成。
再拓丝绸路,联动同行。
敢斗豺狼虎豹,霄汉展鲲鹏。

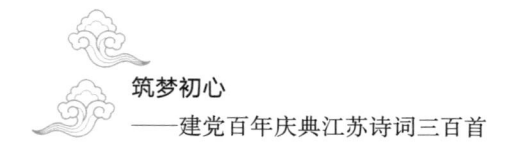

望海潮·镇江新貌

许国其

寻常巷陌,歌台舞榭,润州再度清嘉。
青山绿水,英雄俊杰,河山处处丰佳。
云树绕堤沙。
艳阳映草树,望断天涯。
浩瀚长江,历尽兴废泽繁花。

唯今振兴中华,
有齐心万众,富国强家。
楼宇环列,交通九陌,大桥江面红霞。
山影照湖洼。
百姓安居业,喜乐交加。
共创文明盛世,青史万民夸。

高阳台·贺中国共产党百年诞辰

孙 甦

出世幽灵，惊天号角，南湖星火红船。
旗帜高擎，马列唤醒中原。
百年九曲凌波渡，柱中流、几挽狂澜？
看今朝、海晏河清，虎踞龙蟠。

长征未竟春潮荡，正领航奋发，破浪冲烟。
岂负初心，总牵家国民悬。
誓辞铮骨中兴梦，赤子情、大爱无言。
壮宏图、不废江河，不尽峰巅。

千秋岁·宗旨——建党百年颂

孙 燕

怒涛翻浪,掀动红船桨。
百姓苦,悲心壮。
英雄风雨就,殷血江山创。
持故剑,气凌百岁谁相抗。

只愿乾坤朗,宁守兵戎帐。
旌旗展,军歌亮。
为人民服务,图国家兴旺。
谋愿景,寰球映日东风漾。

百 年 颂

孙长继

百岁华辰乐满天,
神州大地换新颜。
人民迈进康庄道,
九域迎来大有年。

沁园春·建党百年献歌

孙秀眉

百载征程,岁月峥嵘,炳耀汗青。

念南湖浪涌,开天辟地;东风送暖,化雪融冰。

克险攻难,抛颅洒血,壮志凌云斩棘荆。

镰锤赋,颂振兴民族,赤子深情。

红船重任传承。

筑伟梦、长空遨大鹏。

看宏图绘就,隆昌社稷;甘霖润泽,造福苍生。

铭刻初心,践行使命,策马扬鞭朝夕争。

新时代,赞党旗高举,凤舞龙腾。

瞿秋白

孙和章

道义身肩志未成，
独将羸体守孤贞。
心期物外淡名利，
月照窗前忘死生。
湖海犹留芳草意，
江城不解落英情。
当年绮思今应在，
回首云山正梦萦。

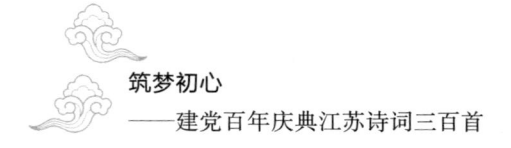

伴云来·雨花魂

孙建国

浩气长存，千秋忠烈，黄土一抔埋骨。
壮志未酬，英灵已去，留取丹心宏碣。
生经白刃，当俊杰、武威不屈。
含笑泉台翠柏，诀别雨花凝血。

神州复兴卓越。
忆前贤、广场声咽。
圆梦中华协力，亿民团结。
时代精神扬发。
百花开、春逢好年月。
请伴云来，清明共节。

庆中国共产党百年华诞

孙益民

风雨沧桑一纪元，
谁挥巨手转坤乾。
红船难忘初心定，
井冈大书星火延，
唤醒全民歼日寇，
为鸣真理斗愚顽。
同心勠力龙腾起，
高举镰锤立永年。

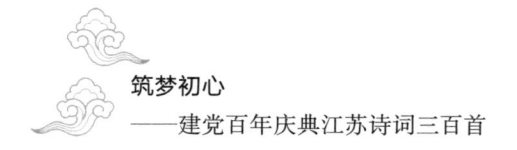

筑梦初心
——建党百年庆典江苏诗词三百首

建党百年礼赞

孙敬锐

悠悠历史照人寰，
建党百年欢庆天。
国祚兴隆祥瑞气，
民生幸福大有年。
反腐已成新常态，
描图扫尽旧容颜。
十四五后君须看，
击壤尧民遍宇寰。

建 党

杨 煜

苦难咸来暗夜中,
豺狼环伺不禁风。
兴亡百姓身同受,
毁誉千家策欠功。
幸有英雄羞霸业,
真无勇士忘初衷。
神州晓雾凝华表,
愿做乾坤第一红。

东风第一枝·贺建党百年

杨自振

曙出东方，长枷砸碎，锤镰赤帜高举。
燎原星火争燃，长征险排关取。
疆场浴血，抗日寇、断头何惧。
百万雄师扫枯残，豪气直冲天宇。

两弹爆、卫星远旅，谋发展、特区新矩。
九州重塑容颜，广厦连云日煦。
探洋摘月，创伟业、国安民裕。
共圆梦、一统山河，不负百年风雨。

浪淘沙·致建党一百周年

杨红珍

碧曙蔚长空,伟岸神容。
雄狮昂首立潮东。
沧海百年腾紫气,华夏飞鸿。

塞外鼓声隆,屡战相戎。
神鹰振翮掠飞虹。
风正一帆悬宇阔,魂系初衷。

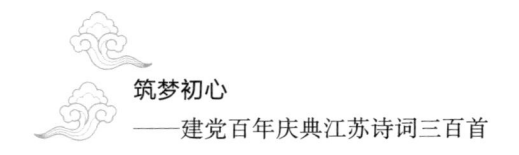

纪念建党一百周年

杨柳柏

百年岁月此回头，
犹记南湖那小舟。
扭转乾坤方肇始，
勇披风雨渐争流。
几番血泪千回砺，
万里山河一望收。
漫漫征程如赶考，
挥毫泼墨写春秋。

念奴娇·建党百年华诞

杨益安

不曾相忘。想当年、神州战火弥漫。
蔽日乌云、凝血泪,星火燎成烈焰。
御辱同仇,相持内阋,逆境显肝胆。
功成开国,一时多少期盼。

更忆来路崎岖,故张弛有度,齐谋长远。
寄语神州,唯此愿:贫病忧愁都断。
苦尽甘来,欢声歌盛世,尽舒眉眼。
年年今日,一樽还付华诞。

筑梦初心
——建党百年庆典江苏诗词三百首

沁园春·喜庆建党百年
——颂歌献给党

杨寄华

盛世神州，屹立东方，党庆百年。
看茫茫长夜，仁人奋勇，煌煌赤日，志士争先。
复兴中华，献身洒血，救国民离水火煎。
回眸望，奈积贫积弱，陋敝绵延。

先锋责任担肩，
靠信仰崇尊意志坚。
幸翻身做主，排除苦困，革新除弊，扭转坤乾。
革命航船，核心睿智，破浪乘风勇向前。
呼环宇，结相连命运，共享明天。

中国共产党百年华诞

花景云

子夜南湖月色朦,
红船破浪闪明灯。
风云变幻初心见,
星火燎原旭日升。
热血凝成民众志,
国魂点化古今情。
惊天动地百年事,
政党为民献赤诚。

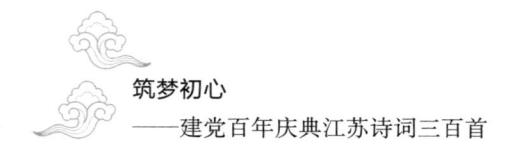

建党百年颂

苏良华

星火燎原一百年，
红旗漫卷照人寰。
惊涛骇浪千帆过，
峭壁绝岩万人攀。
血雨腥风催壮志，
云翻潮涌靠航船。
喜迎百岁圆国梦，
才俊后昆再着鞭。

庆祝党的百年华诞治贫富民

李 敏

为民为国绘蓝图，
百计千方携与扶。
治得积年贫病弱，
康庄道上并驰驱。

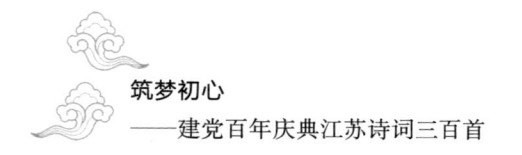

筑梦初心
——建党百年庆典江苏诗词三百首

初心不变

李业奎

雄关九九百挠身,
昔日红船变巨轮。
破浪劈开天地阔,
引航铸就古今新。
初心筑梦宏图展,
利刃除魔正义申。
喜看神州歌舞处,
江山万里一堂春。

沁园春·百年颂歌

李四新

万古江河，风雨百川，忧患九州。

幸中华迎曙，义凝群志；南湖破雾，劈浪一舟。

信仰永持，头颅何计，喋血只为家国谋。

长征路，启人民天下，仅仅开头。

携来再上层楼，

望中胜江天万里秋。

秉自丰自力，躬行逆进；治强致盛，砥砺勤酬。

世纪辉煌，百年意气，疆海旌旗振五洲。

东方立，揽神州霄汉，天地风流。

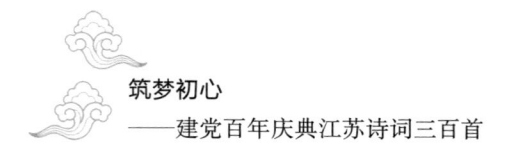

筑梦初心
——建党百年庆典江苏诗词三百首

建党百年感赋

李永义

南湖筑梦惊天阙，
浪遏飞舟志不休。
仗剑扶风追皓月，
忠贞洒血为国酬。

念奴娇·建党百年有怀

李克俭

南湖聚首，定乾坤大略，红船方启。
泥雪寒兮征旅远，寻得东风真谛。
铁索惊涛，赤胆傲骨，都付民心寄。
防骄思辨，入京迎考问计。

风雨岁月长歌，行迷烟海，幸旗扬风励。
不负殷殷先烈志，不忘青藤萦系。
匠理桑园，祛除腐朽，共育新天地。
溪鸣泉涌，党心清澈如水。

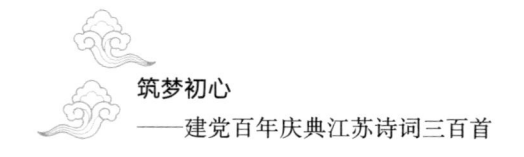

鹧鸪天·庆中国共产党百年华诞

李明珠

百岁丰功伟业强，
可歌可泣汗青芳。
无私烈士抛颅血，
有志雄才挺脊梁。

排万险，历千殇，
舍生忘死振炎黄。
镰锤赤帜开新宇，
锦绣河山放眼量。

沁园春·红船逐梦

李沛然

南湖红船,井冈星火,遵义曙光。

忆龙腾赤水,鹰飞雪域,汗流草地,血染沙场。

十四悲歌,九州慷慨,终可平倭胜恶狼。

又三役,驱独夫民贼,屹立东方。

一星两弹威强,

冲宇宙,神舟又奋翔。

喜长城内外,大江南北,春天故事,华夏新章。

港澳回归,奥林折桂,华胄群情更激昂。

新时代,共启航逐梦,再创辉煌!

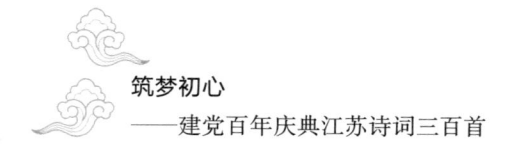

筑梦初心
——建党百年庆典江苏诗词三百首

建党百年贺

李春生

燎原星火集贤群，
一盏明灯晓暝分。
帆起红船风破浪，
旗扬赤县势凌云。
神州放蕊新开面，
浩海推波屡树勋。
国固民安家业盛，
百年青史著奇文。

沁园春·庆祝建党一百周年感怀

李洪兰

航始南湖，风雨百年，变貌换颜。

忆井冈星火，卢沟晓月，雪山草地，铁索狼烟。

铮骨顽强，旌旗屹立，一往无前志益坚。

复兴梦，看中华儿女，谱就新篇。

今朝物阜民安。

百业旺、国魂惊宇寰。

喜千山叠翠，百川归海；众心凝聚，万事何难。

穿海降龙，破天探月，精准扶贫黎庶欢。

展望眼，醉欣荣昌世，似锦江山。

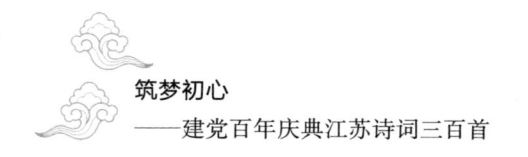

建党百年礼赞

李晓军

岂甘沦病夫，
求道未言孤。
蹈海觅良策，
捐躯入煅炉。
十年抛热血，
万里认征途。
劫后花晴好，
谁堪共一壶。

建党一百周年有感

李晓茹

今日登高意气遒，
曾经九派汇东流。
南湖一棹出烟港，
化作鲲鹏翱五洲。

意难忘·百年路

李隆兴

长电惊天，暴雨携雷震，华夏遭残。
曦光飞远宙，帆动火红船。
同起义、战旗繁，井冈剑锋寒。
救国民、驱歼外寇，一十余年。

辽河沈锦千山，中原烽火急，淮海徐连。
长江枪百万，海岛缚凶顽。
歌解放、重开元，改革创新天。
路百年，峥嵘岁月，筑梦成圆。

纪念中国共产党诞辰一百周年

严永年

曾经暗夜问苍茫,
风雨南湖见曙光。
骏马识途何奋勇,
仁人取义自昂扬。
锤镰坚矣摧陈腐,
血汗浓兮浇富强。
百载历程辉史册,
红旗飘举耀东方。

筑梦初心
——建党百年庆典江苏诗词三百首

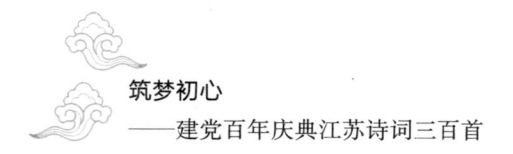

党　旗

严荣德

锤坚镰利金光灿，
漫卷红云起迅飙。
扫落灾星迎旭日，
拂除残雪化春潮。
炎炎异彩暖方寸，
猎猎清音奏雅韶。
屹立船头指航向，
复兴路上谱琼瑶。

浣溪沙·为中国共产党成立一百周年而作

严敦信

百寿辉煌铸九州,
红船驭浪到中流,
长征万里更从头。

寄意山河圆好梦,
多情日月照金瓯,
人民万岁写春秋。

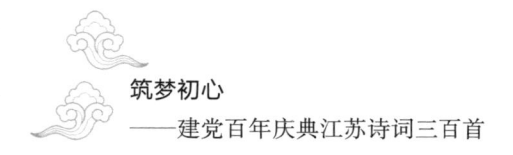

沁园春·路

吴秀来

长夜茫茫，路在何方？棘阻雾蒙。

叹千年华夏，群魔乱世。数多黎庶，遍地悲鸿。

志士维新，仁贤变法，宛若烟花没宇空。

南湖火，引百年漫道，步履匆匆。

高擎旗帜殷红，

率十亿神州攀玉峰。

见陆驰飞速，名扬四海。嫦娥奔月，笑傲苍穹。

更喜蛟龙，劈波斩浪，守土司疆立巨功。

京畿策，迈复兴之路，九域熙隆。

注：陆驰，本指陆路运输。古诗云："设无通舟航，百货当陆驰。"此处借指高铁、高速公路。

南湖红船颂

吴献中

南湖一叶舟，志士弄潮头。
播火湖心岛，扬帆烟雨楼。
铁拳宣道义，赤胆写春秋。
舵手凭涛验，艟身赖水浮。
飞舟云往返，巨舰浪遨游。
始发征途远，百年国庆献！

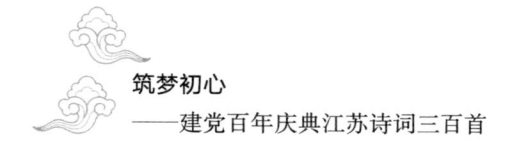

建党一百周年抒怀

吴锡春

满天朗照太阳红，
祖国山河喜庆中。
百载宏图兴伟业，
万家致富报春风。
攻坚克难勋名著，
开拓迎新意气雄。
不忘初心成实践，
高歌还唱大江东。

到韶山

吴德麟

伟男立志出乡关，
历尽艰难似等闲。
武略文韬定航向，
开天辟地换尘寰。
南湖新奠千秋业，
遵义重登万仞山。
环宇荡平仰韶岭，
英雄思想照人间。

筑梦初心
——建党百年庆典江苏诗词三百首

纪念中国共产党成立一百周年

何许人

南湖点亮一明灯,
照耀神州斩棘行。
赤县奋争民唤醒,
东瀛驱逐国升腾。
大旗高举三山倒,
气势昂扬四海清。
筑梦征程呈美景,
党辰百载万花馨。

建党百年庆

何培树

转战南北到太行，
拨开迷雾见阳光。
土坯屋里定谋略，
西柏坡前令八方。

两务必，不彷徨。
行装重整启新航。
进京赶考崎岖路，
斩棘披荆花更香。

贺建党百年韵次十觞兄

余振民

匡时英杰挽长弓，
矢野澄清莽荡中。
一豆灯明星火旺，
百年争斗海山红。
抱怀终计民生苦，
济世番怜国力雄。
畅诵宣言温赤胆，
壮行万里永朝东。

西柏坡颂

谷万祥

兴亡史上预言多,
破例唯从西柏坡。
万里长征驱旧制,
千年赶考出新科。
清风涤荡周期率,
警句传承次第歌。
圆梦寻根今有主,
红颜不改是山河。

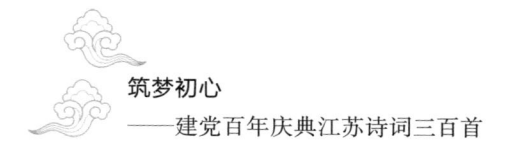

先　锋

邹　俊

映日丹心慕圣贤，
拓荒砥砺为春天；
同舟赶考真如铁，
一路雄歌再续篇。

西江月·井冈山吟

邹晓耘

星火撒播旧土，
清溪汇纳洪澜。
万千英烈换新天，
锦绣中华重建。

依旧红军小路，
已非昔日烽烟。
群英携手绘奇篇，
崇岭森森绿遍。

党旗颂
——献给党的百岁华诞

邹振球

锤子镰刀绣丽姿，
横空屹立沐晨曦。
东风漫卷雾霾散，
时序初分日月移。
引领潮头同结胜，
跟随旗手共传奇。
百年猎猎容颜在，
吟咏龙腾四海词。

党旗颂
——纪念中国共产党成立一百周年

闵永军

锤镰旗影意联绵，
锦绣江山灿百年。
星火燎原驱黑夜，
长征破雾见青天。
党谋福祉千秋颂，
国祚宏梁九域传。
琴瑟声中听丽曲，
高歌猛进颂先贤。

筑梦初心
——建党百年庆典江苏诗词三百首

党引征程扬特色
——庆祝建党一百周年

汪士延

开天辟地转乾坤，
一百周年主义真。
山水皆呈诗里画，
城乡俱是福中人。
边防铸剑金瓯固，
国际登台正义伸。
党引征程扬特色，
寰球瞩目仰昆仑。

纪念中国共产党百年诞辰

沈 丽

南湖曙色拂云烟，
一叶飞舟波浪颠。
满载春风行万里，
红旗漫卷到天边。

筑梦初心
——建党百年庆典江苏诗词三百首

庆祝建党一百周年

沈曙明

华诞来临喜气盈,
江山万里起歌声。
先贤引领光辉路,
英杰铺开锦绣程。
笃志兴邦挥铁腕,
潜心修远付精诚。
镰锤托举中华梦,
铸我神州日月明。

母亲船

宋善岭

一叶扁舟出浪间,
百年仗剑破重关。
挥师万里终驱寇,
跃马三军直撼山。
金水桥通九州定,
上甘岭战几人还。
红船不老精神在,
圆梦途中莫等闲。

筑梦初心
——建党百年庆典江苏诗词三百首

临江仙·颂改革开放四十年

张 莉

改革铺平开放道，几多浪激云腾。
披荆斩棘五洲惊。
猴猿啼不住，回首万山青。

带路畅通连世界，广交四海宾朋。
风清舵稳月华明。
共圆中国梦，旭日正东升。

鹧鸪天·贺中国共产党百年华诞

张 涛

漫漫征程破雾看，
红旗卷处听潮还。
星星火炽燎原志，
历历灯明砥柱天。

斟北斗，赋南轩。
百年如一梦成圆。
江山千古映新绿，
灼灼春波又起船。

百年华诞颂词

张万路

贼破家门鬼犯边,
英雄奋臂灭狼烟。
燎原燃起星星火,
擒虎挥开霍霍镰。
救国雕弓穿黑夜,
安邦妙计出红船。
百年砥砺山河靖,
举世东方赤帜妍。

卜算子·庆祝建党一百周年

张云龙

石库门中人，
百岁逾千万。
依旧风华正茂时，
马列花齐绽。

生在硝烟中，
壮大于危难。
党脊犹凭枪杆直，
迈绩传霄汉。

筑梦初心
——建党百年庆典江苏诗词三百首

一剪梅·建党一百周年

张兴军

潜起金锚赤帜扬，
云里初航，雨里豪航。
风波万里不彷徨，
向着黎明，向着朝阳。

辟地开天禹甸光，
踏碎沧桑，击破炎凉。
峥嵘九七鼎图强。
一路复兴，一路康庄。

纪念中国共产党成立一百周年

张酉良

真言北诞御红船,
镰斧高擎誓解悬。
匡济何曾惊血雨,
涅槃肇始启新天。
猷筹竭虑怀宗旨,
梦筑长耽化巨篇。
百岁称觞情愈激,
心潮浩涌奋当前。

新荷叶·百年吟春

张欣欣

喜遇春回，风云阔步新图。
早已潮来，乾坤砥砺长湖。
先躯热血，百年去，激荡音符。
潜虬宏远，钟灵毓秀邦途。

天地深情，民心自在躬锄。
世纪华章，人寰谈笑豪书。
芳春永旺，家乡美，百蕊伸舒。
青山绿水，杏花鸢影金凫。

风入松·建党百年咏怀

张金果

南湖风雨浪犹惊,共道升平。
青山万里埋忠骨,寄相思、无限深情。
多少世间儿女,别离又见清明。

旧时街鼓寂无声,莫问前程。
而今灯火流光耀,迎笙歌、感奋诗兴。
铭志千秋伟业,浮沉百岁峥嵘。

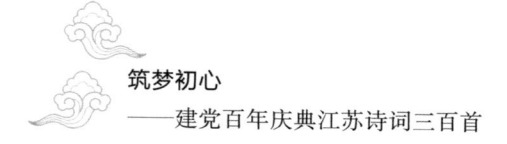

宿北大战纪念塔

张修顺

马陵高塔柱苍穹，
上有英名皆鬼雄。
七十五年犹未忘，
时闻歼敌炮声隆。

喜庆中国共产党百年华诞

张保德

火炬南湖举,
辉煌已百年。
艰难创基业,
努力效先贤。
惩腐扬正气,
倡廉颂管弦。
国强民又富,
齐力自回天。

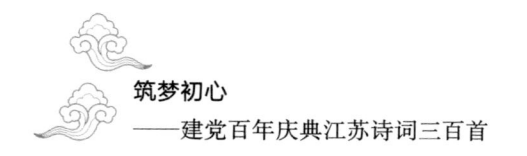

颂歌向党

张晓斌

长夜启明日渐华，
红流滚滚始淘沙。
乾坤力转山河固，
更引前程万木花。

庆祝中国共产党百年华诞

张铁军

北李南陈居首功，
开天辟地蛰雷中。
井冈曾见燎原火，
延水当歌横槊风。
九域升平春在望，
百年崛起梦能通。
初心勿忘艰难史，
接力擎旗如许红！

筑梦初心
——建党百年庆典江苏诗词三百首

庆祝建党一百周年

张继鹏

一百周年景万千，
巍巍华夏盛空前。
三通宝岛已无碍，
两补金瓯伟业妍。
改革洪流腾巨浪，
太空问鼎谱新篇。
脱贫致富鸣金鼓，
继往开来又着鞭。

京沪高铁通车

张理华

四海欢腾动地寰,
银龙呼啸掠关山。
朝辞京蓟午归沪,
得借东风半日还。

沁园春·井冈翠竹

张培连

八百崇冈，竹摇岚光，山拥翠涛。

看凌霜傲雪，空天玉立，送霞迎日，星月神交。

耿直灵通，俗尘无染，似此虚怀节自高。

抚今昔，念春风野火，荣辱难消。

当年寥落狂飚。

骨根在，笋生又九霄。

有缨枪万柄，千山云怒，竹钉九阵，百里匪嚎。

斗转星移，井冈燕舞，翠竹青青看窈娆。

承伟业、继一根扁担，宇宙肩挑！

咏怀乡先贤秋白先生
——纪念瞿秋白诞辰一百二十周年

张愚非

投笔拭吴钩，江南一燕鸥。
瀴波未知路，觅渡自由舟。
忍顾依依柳，相思点点柔。
寒枝掩星月，热血付筹谋。
淬刃洪都夜，举旗修水秋。
天枢昭禹域，文曲陨汀州。
了了多余话，昂昂不朽头。
书生惟本色，梅格独芳猷。
此去青山隐，重归赤子游。
人间赞英烈，诗剑最风流。

诉衷情令·百年大庆颂歌扬

陆文轩

百年大庆话沧桑。

处处颂歌扬。

镰锤开辟征路,国运始隆昌。

兴改革,举宏纲。

建天堂。

山欢水笑,古老神州,现代风光。

筑梦初心
——建党百年庆典江苏诗词三百首

贺建党一百周年

陆国华

星火燎原道不孤，
神州病久盼悬壶。
风从十月吹平野，
浪起南湖绘画图。
四海仁人真理觅，
三湘德者世情扶。
百年青史垂丹册，
不上凌烟功亦殊。

筑梦初心
——建党百年庆典江苏诗词三百首

中国共产党成立百年赞

陆承曜

遵义会中真理辩,
长征万里气如虹。
初心不变坚为铁,
大地中华扬国风。

辞献中国共产党百年诞辰

陆振德

千秋勋业叹经纶，
万里长征仰北辰。
潮涌三江催鼓角，
气蒸五岳极云津。
天骄策马沧桑道，
铁腕擒龙城苑春。
环宇百年瞻变局，
曙霞烟景映红轮。

行舟犹凭好风推
——庆祝中国共产党建党一百周年

陆晨光

红船悄载朝霞出，
首唱雄章试赤旗。
星火燎原唯勇壮，
风云卷地秉无私。
祥光五福街衢近，
厚泽千龄廉洁持。
大道从来由至简，
行舟犹凭好风推。

筑梦初心
——建党百年庆典江苏诗词三百首

建党一百周年

陈　江

停凝画舫忆红旗，
血火沙场铸九师。
风雨百年兴盛世，
初心不改是镰锤。

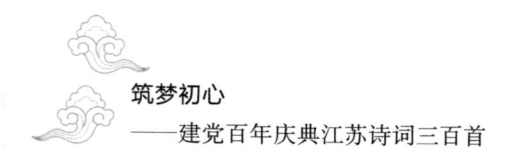

筑梦初心
——建党百年庆典江苏诗词三百首

祝贺建党一百周年

陈 刚

建党南湖使命催，
百年纷涌栋梁材。
历经磨难航灯引，
淘尽艰辛福祉来。
打虎治贪挥利剑，
拍蝇灭鼠立严规。
初心牢记人民托，
使命担当舵手开。

水调歌头·建党一百周年赋

陈 倩

遥忆百年远,雨雾笼南湖。
朽朝军阀当道,民怨叹无扶。
国有先贤雄志,聚起锤镰结誓,宏业启艟舻。
大地亮薪火,燎醒病夫愚。

斩强寇,平内战,绘鸿图。
一鸣破晓,华夏龙傲仰头颅。
云上苍穹环月,水下深洋撩鳌,四海共惊殊。
帜赤沧桑永,麾日骋通途。

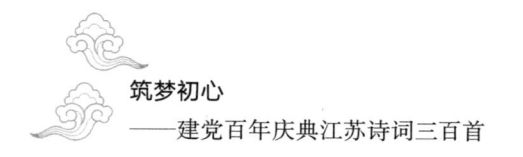

南湖烟雨

陈小坤

南湖烟雨千秋荡，
追忆吟怀任放歌。
世纪征程延伟业，
新程奋楫漾春波。

贺建党一百周年

陈广华

古堰好风光,
悬湖喜气扬。
脱贫施富策,
反腐振朝纲。
大计征程远,
蓝图画卷长。
制全开景象,
雀跃梦飞翔。

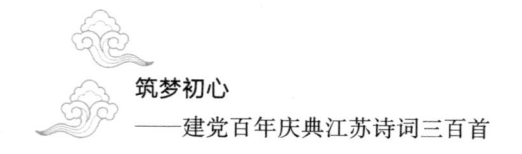

南湖红船颂

陈为从

党是红船水是民,
百年共济倍相亲。
东方潮涌初心在,
北斗天回主义真。
赤帜纵横光日月,
云帆浩荡振乾坤。
好风催得银涛起,
新纪图开四海春。

鹧鸪天·筑梦百年

陈正平

破浪红船开纪元，
经天丽日耀人寰。
锤镰淬火乾坤赤，
岁月峥嵘步履艰。

除旧疾，谱新篇。
小康璀璨梦嫣然。
河清海晏金风沫，
再勒丰碑庆百年。

踏莎行·写在建党百年之际

陈石奇

志夺雄关，神飞险渡，
硝烟怎蔽阳光路。
清除败叶固根深，长征奏凯惊环宇。

旭日如丹，激情似虎，
锤镰代代高高举。
青松翠竹伴红梅，彩霞一树花如炬。

全面小康

陈龙驹

百年宏愿今朝现，
国富民强达小康。
城市高楼听鸟语，
农村别墅品花香。
动车载福通千镇，
网络传情达万乡。
且看街头歌伴舞，
抖音一笑沐阳光。

水调歌头·圆梦

陈光美

华夏千年久,筑梦踏征程。
十四五新规划,奋起越高峰。
肩负国民宏愿,心系复兴大计,信念更从容。
上下一腔血,重振九州雄。

扬征帆,鼓足劲,漫天红。
旌旗猎猎,廉洁反腐铸成功。
万里河山朗照,千古英贤依旧,不忘慰群公。
家国富安业,尽在奋争中。

诉衷情令·建党百年抒怀

陈同九

百年风雨写春秋,宗旨为民谋。
俨然翻身作主,赤子泪长流。

今祷盼,展宏猷。
固金瓯。
初心永续,清源正本,再造神州。

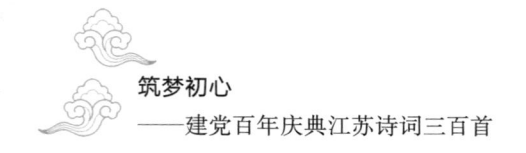

建党百年有感

陈华明

一舸扶倾功略开，
峥嵘岁月自斯裁。
燎原星火些微起，
陷世风涛汹涌来。
扭转乾坤安社稷，
廓清海宇定尘埃。
歌声动地军民庆，
浩荡旌旗满九垓。

建党百年颂

陈安祥

建党扬旗济世穷,
百年奋斗立丰功。
三山推倒人心畅,
四化初成国运隆。
钻海飞天传捷报,
降龙伏虎振雄风。
锤镰引领新时代,
迈进小康追大同!

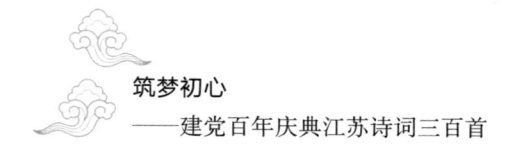

临江仙·红船
——建党一百周年吟怀

陈志国

旖旎南湖波万顷，橹声搅和侬音。
水天一色共氤氲。
红船陈列处，岛上绿成林。

引路前行年满百，历经多少艰辛。
腥风几度虐芳茵！
锤镰依旧举，永不改初心。

赞第一书记扶贫

陈宏嘉

初心不忘踏征尘，
僻壤穷乡去问津。
入户驻村除困苦，
宵衣旰食治寒贫。
安居乐业家家富，
绿水青山处处春。
世界难题中国解，
流芳千古党的人。

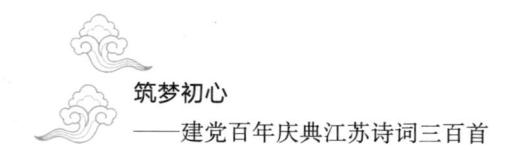

建党百年颂

陈国柱

潮流澎湃激西东，
大道之行天下公。
命运共同归众望，
和平崛起展雄风。

刘 胡 兰

陈宗照

如花年纪未贪生,
芬若芝兰死亦荣。
面对铡刀无改色,
凌然正气鬼神惊。

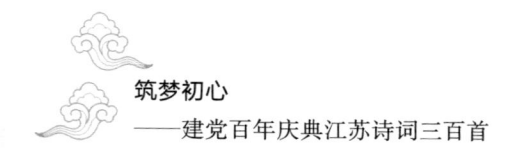

念奴娇·井冈山

陈建华

罗霄深处，叠千峰、翠竹万竿如箭。
流水潺潺奔大海，瀑布临崖飞溅。
落日辉中，黄洋界上，铁炮威犹见。
茨坪原址，院前瞻者一片。

凄冷腥雨当年，青山血沃，星火燎燃遍。
祭酹英魂堪告慰，天上人间桑变。
今日环球，浮云乱渡，望眼能遮断？
井冈巍耸，凭栏风物无限！

水调歌头·十八届三中全会改革方案读后

陈祖堃

浩荡天风起,破浪竞千帆。
云城万里潮信,当年南海边,
施展经纶身手,高树草根同茂,相与放芳妍。
合奏清平乐,调柱协琴弦。

鲲鹏志、市场策、惠民篇。
爱心辉被遐迩,铁腕力排山。
任尔秦关锁钥,漫道深潭碧水,跋涉总欣然。
中国梦圆日,百族舞蹁跹。

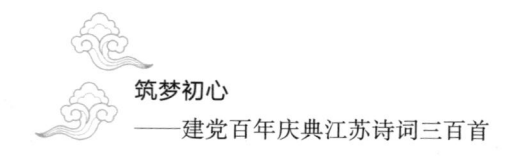

筑梦初心
——建党百年庆典江苏诗词三百首

临江仙·百年华诞颂

陈祥华

大地寒凝天欲泣，神州遍地哀鸿。
一声炮响唤英雄。
南湖画舫，冲破浪千重。

万里征途依北斗，锦帆遥映苍穹。
百年砥砺记初衷。
梦圆道上，号角震长空。

水调歌头·庆祝中国共产党建党一百周年

陈清琦

幸得领航手，劈浪导红船。
千难万险经过，再造一重天。
唤醒工农作主，奔向康庄圆梦，喜享太平年。
北斗指方向，大路百花繁。

宏伟业，征程远，着鞭先。
初心牢记，富民强国永登攀。
日照东方霞灿，诗咏山河景艳，华夏尽新颜。
四海欢歌起，祝寿舞翩跹。

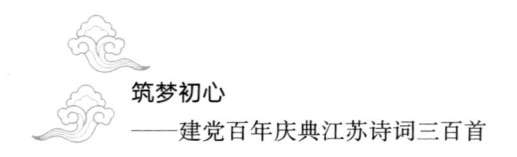

西江月·建党百年颂

陈锦年

唤起饥寒大众，
武装困苦工农。
推翻旧制显英雄，
更受人民赞颂。

华夏睡狮已醒，
炎黄后辈前冲。
百年舵手建奇功，
回首红船圆梦。

水调歌头·红船赞

宗寿华

帆启风正劲,橹荡月尤寒。
劈波迎浪,遍播星火势燎原。
推倒三山重整,扫尽百年耻辱,二八肇新元。
湘音震寰宇,丽日映尧天。

击中流,承英烈,继先贤。
大鹏抟翼,复兴绮梦史无前。
最喜河清海晏,更赞民殷国富,百载忆红船。
赤子初心在,椽笔著宏篇。

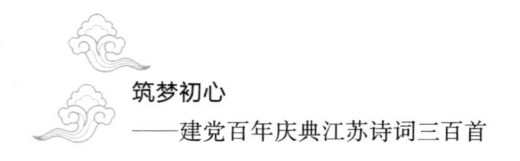

筑梦初心
——建党百年庆典江苏诗词三百首

建党百年颂

郑 威

惯将风雨励征程，
施政还凭决策明。
打铁多因自身硬，
初心不改为民生。

定风波·颂歌中国共产党建党百年

武 燕

一路征尘祉福寻，
危途坎坎迄当今。
谋国为家丹血沥，知责，
敬诚行正得民心。

圆梦砺行倾竭力，担责，
阻艰攻苦寄忠忱。
联步复兴迎顺逆，履责，
前行长道捷佳音。

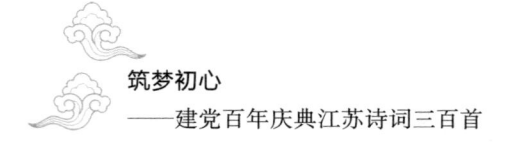

筑梦初心
——建党百年庆典江苏诗词三百首

南湖伫望

林丽琴

南湖烟雨正微茫,
柳岸放舟风绪长。
白雾冲开济沧海,
赤旗卷动映朝阳。
满腔热血英雄气,
一片丹心日月光。
迤逦碧波摇漾去,
芳洲处处有飞香。

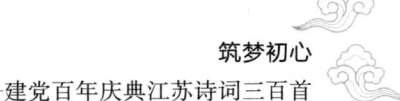

新时代抒怀

杭建伟

徐徐红日出平林,
祖国山河一片金。
大厦通衢倾力建,
新诗古韵尽情吟。
惯闻域外无佳讯,
喜看园中有捷音。
欲解江山如此好,
只缘万众践初心。

意难忘·建党百年颂

苗杨松

点亮湖光。

鼎红船破晓，革命领航。

同心为国死，驱虎斩豺狼。

行道义、救危亡。

工农举刀枪。

定九州、全新中国，旗帜高扬。

国昌屹立东方。

更辛勤砥砺，奋发荣光。

神舟飞昊宇，华夏迈康庄。

除旧弊、立新章。

初衷意难忘。

迎挑战、科研强国，再创辉煌。

纪念中国共产党诞辰百年

英成存

华诞百年看历程，
中流砥柱应时生。
震风陵雨山河幸，
激电飙霆国祚更。
伟业千秋方浩荡，
乾坤大势愈分明。
复兴路上先锋领，
九牧巍巍更向荣。

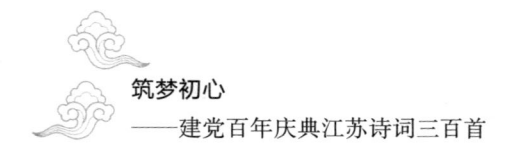

红 船

郁忠尧

茫茫欲渡问迷津,
遥忆英明掌舵人。
挺进扬帆风给力,
逆行奋臂桨来拼。
一生萦绕南湖梦,
半世飘零战地尘。
赤子拳拳情未了,
红船指向又前奔。

八声甘州·贺党百年诞辰
——党旗赞

尚爱民

看锤镰高举壮云天,猎猎舞东风。

自南湖升起,井冈浴火,延水流红。

万险千难何惧,铁血铸英雄。

舒卷驱妖雾,澄澈苍穹。

度过峥嵘百岁,叹几经坎坷,终建殊功。

教五洲瞠目,四海仰霓虹。

忆当年、思潮澎湃。

望前程、豪气荡心胸。

旌旗下、俊才贤士,后继冲锋。

筑梦初心
——建党百年庆典江苏诗词三百首

破阵子·贺中国共产党成立一百周年

季惟生

船自湖中起碇,
军于山内联营。
锤子镰刀旗旆举,
星火燎原烈焰腾。
三山终覆倾。

华夏复兴任重,
匹夫聚力功成。
小女黉门存大志,
愿作先锋一介兵。
山乡支教行。

庆中国共产党诞辰一百周年

金 焕

星火燎原曜华夏,
长征胜利慨而慷。
红船引领千帆度,
青史功标万代扬。
赤帜高擎民为本,
初心不改志犹刚。
百年又响进军号,
稳驭神舟赴远航。

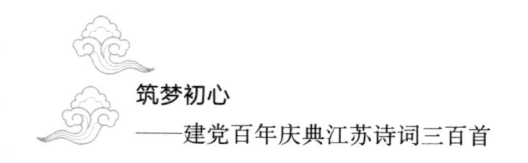

贺中国共产党百岁华诞

金长海

云程百载梦成真，
浩荡东风草木春。
大地芬菲增异彩，
神州旖旎日弘新。
国家强盛巍寰宇，
百姓安康福满垠。
再启长征勤奋力，
中华复兴履艰辛。

建党一百周年颂歌

周 森

岱岳生根育劲松,
经风沐雨傲苍穹。
招来五凤开新纪,
唤醒九龙驱鬼熊。
破雾裁云红日艳,
清污除垢彩霞浓。
白鸽起舞挥金臂,
大翼垂天筑梦中。

筑梦初心
——建党百年庆典江苏诗词三百首

沁园春·建党百年

周一清

莽莽中原，残帜千年，走马乱军。

唤英雄无数，掷头盗火，攘夷安内，收拾乾坤。

世路而今，繁华犹记，热血长征雪色昏。

艰难处，对风雷匝地，依旧拿云。

迩来滚滚飙轮。

万里遍，琼楼杨柳春。

又青天揽月，耀星如注，潜蛟沉底，得意纷纷。

四海凌波，红帆潮立，莫道锤镰引妒嗔。

看神骏，阔步偏独秀，肝胆昆仑。

满庭芳·贺中国共产党成立一百周年

周正英

狮醒龙飞，红星汇聚，撰吾华夏诗篇。
赤旗挥舞，吹角震人寰。
引领神州志士，驱贼寇，整我河山。
乾坤转，风云叱咤，彩练舞翩跹。

新天。齐着力，朝阳煦煦，捷报频传。
正欣逢大庆，喜拨琴弦。
颂我中华盛世，共携手、一往无前。
康庄路，如花似锦，图画更鲜妍。

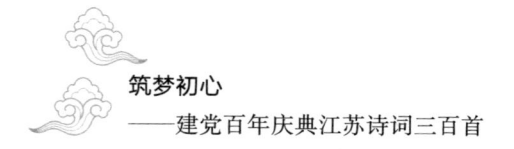

筑梦初心
——建党百年庆典江苏诗词三百首

南湖红船

周锦凤

人歌画舫岂平凡，
喜诞救星惊夜天。
推倒三山民作主，
坚持两制国为先。
贫穷被甩千村富，
黑恶遭除万户安。
回首百年弹指过，
征途负重不离肩。

建党一百周年颂

孟茂华

锤镰赤帜赋雄章,
世纪诞辰频举觞。
推倒三山离苦难,
筹谋四化创辉煌。
五洲瞩目巨人立,
九域同心浩气昂。
更喜奋追华夏梦,
龙腾虎跃向康庄。

筑梦初心
——建党百年庆典江苏诗词三百首

中国共产党建党百年抒怀

孟宪远

岁月重回百载前，
神州遥夜冽风旋。
列强凶恶如狼豹，
军阀狰狞胜虎鸢。
零碎山河民挂泪，
死伤郊野草生田。
救星破晓红船在，
霞蔚云蒸始亮天。

水调歌头·贺中国共产党成立一百周年

柳 琰

棠叶虎狼侍,四海炮声隆。
红船承梦破浪,星火耀青穹。
大渡湍流铁索,黄土油灯窑洞,峭绝此时通。
镰辟新天地,狮醒海寰东。

白山雪,卢沟月,虎旆风。
朝朝岁岁,明月依冢护英雄。
更立潮头激越,铺展大洋宏卷,丝路五洲同。
忧济关黎庶,星帜照心红。

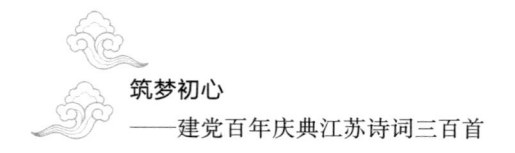

筑梦初心
——建党百年庆典江苏诗词三百首

中国共产党百年诞辰喜赋

荀德麟

时光呼啸百年过，
换了人间笑几何。
树德里中惊梦想，
倚天剑下变山河。
焚烧穷白熊熊势，
特立丛林飒飒歌。
望断雄关云月里，
初心未减热腾多！

为国为民谋利益

赵永衡

星火燎原遍九州,
荒村窑洞绘鸿猷。
顾全社稷深思虑,
扭转乾坤着意谋。
心底无私当骏马,
胸怀坦荡做黄牛。
中华崛起争朝夕,
尽力为民福祉求。

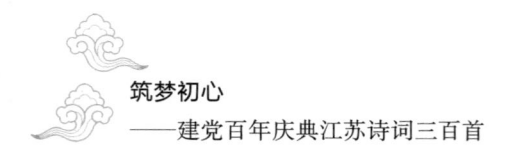

百 年 赞

赵传法

砥砺镰锤日月梭,
脱贫发展永祥和。
国强民富龙腾景,
华夏高吟盛世歌。

庆祝中国共产党百年华诞

赵耀章

赤县沧桑大变迁，
百年华诞颂锤镰。
腥风血雨从容对，
天堑暗礁未惧难。
党绘宏图千载秀，
国迎盛世万民欢。
红旗指引金光道，
复兴征途勇向前。

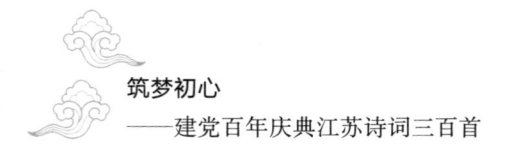

筑梦初心
——建党百年庆典江苏诗词三百首

鹧鸪天·我把党来比大树

冒有祥

大树参天正气飏，
偶曾虫害小枝伤。
不除垂叶留生意，
勤洒甘霖增耀芒。

持本色，启新航，
全民追梦国隆昌。
我家高木我家爱，
但见中华好运长。

咏走进新时代

侯明铎

史册掀开又一章，
前行步履更铿锵。
千川莫怕舟迷渡，
万里全凭党领航。
春色秋风新景色，
江南塞北美家乡。
上天入海九州地，
无处初心不慨慷。

筑梦初心
——建党百年庆典江苏诗词三百首

红 船 赞

段天洪

八月南湖水，
氤氲万世春。
舟中家国事，
都付舍身人。

沁园春·追梦

俞可淼

纵目神州，逐梦腾龙，迭奏锦章。
有神舟飞宇，嫦娥登月，蛟龙潜海，航母巡洋。
三峡威雄，双赢丝路，经济欣荣世踞强。
民心悦，喜小康乐享，首战辉煌。

中枢宏策兴邦，
令不忘初心使命扛。
竞倾心"二百"，复兴励志，统筹"五位"，"四项"为纲。
改革前行，创新发展，打虎除蝇亮剑光。
新时代，总目标定达，不负炎黄。

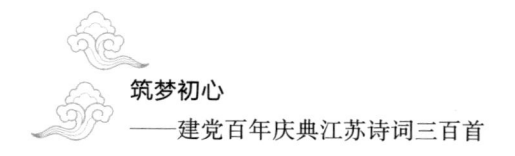

观　潮

俞晓春

钱塘潮起势如天，
滚滚雷鸣谁敢先？
惊喜苍茫无限处，
分明一点见红船。

秋白咏

施国鸣

书生报国欲何恃？
项上人头笔底诗。
但恨纹枰多变化，
惜无妙子可驱驰。
苍龙未缚长缨绝，
碧血终浇春草滋。
一曲浩歌肠百转，
零丁臣相泪披离。

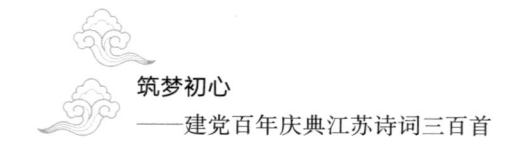

筑梦初心
——建党百年庆典江苏诗词三百首

建党百年有怀

洪 亮

为补苍天炼石娲，
江河奔涌浪淘沙。
党旗引路开新境，
星火燎原映彩霞。
万里征程担道义，
百年历练茂风华。
难忘无数英雄血，
浇灌神州幸福花。

桂枝香·电影《孔繁森》观后

洪宝志

高原驻足，望冈底斯山，红日初沐。

远处圣湖叠翠，波扬鹰逐。

边陲十载风寒骤，寄深情，心萦贫牧。

行医送暖，扶孤助寡，胜于亲属。

谁与伍，焦公裕禄。

似雪岭莲花，净节如玉。

不染纤尘，素志甘为民仆。

殒身厚爱遗阿里，献哈达，藏胞同哭。

千秋垂范，清辉如月，映人心目。

巫山一段云·长征

姚进恒

万里长征远,
一条赤水长。
红军四渡甩豺狼,
统帅智谋强。

铁索横桥险,
岷山草地茫。
三军不惧勇担当,
万难达延乡。

献建党百年

秦秋宁

全意为民入九垠，
小康许诺重千钧。
曾经一代初心梦，
更有八方使命人。
赤子相依居首要，
江山与共显忠纯。
从严治党前车鉴，
永葆才能主义真。

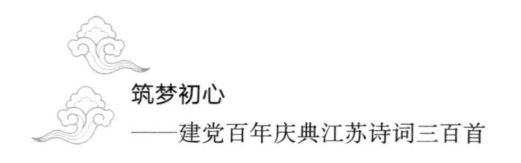

建党百年有感

耿 震

红船风雨沐群英，
百载峥嵘次第迎。
最是难忘悲愤史，
从来深感激昂声。
运筹帷幄乾坤定，
横槊江山河海清。
立党为公天下范，
与时俱进拓征程。

建党百年

袁宗翰

南陈北李鼓新风,
吹送红船一叶篷。
踏浪冲波掀紫塞,
擒妖伏怪撼苍穹。
驰驱万里临秦北,
踊跃三军定域中。
作始简如终必钜,
百年傲立世之东。

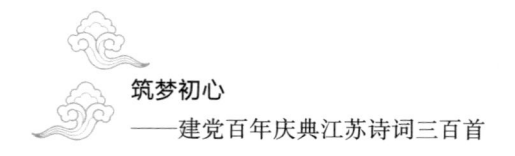

筑梦初心
——建党百年庆典江苏诗词三百首

庆祝建党一百周年

顾华中

帆挂红船击浪行，
惊滩坎路始初征。
几番挫折腥风雨，
绝处求生砺铁樱。
信仰不移凭伟志，
红旗高举赖群英。
赶回日寇东洋去，
搬掉三山九域明。

南湖红船

夏 闯

烟雨楼前烟雨中，
南湖灯火出迷蒙。
摇来一棹新航指，
欸乃声声唱大同。

纪念宿北大战胜利七十五周年

夏承斌

初心不改忆元戎，
每念先贤盖世功。
是岁鲁南烽火现，
当时宿北战旗红。
硝烟缭绕三台上，
军马嘶鸣晓店中。
七十五年风雨过，
江山耀彩贯长虹。

庆祝建党一百周年

钱万平

南湖一苇雾霾穿,
血雨腥风路八千。
情念苍生能盗火,
心忧社稷敢擎天。
锤镰开辟新寰宇,
睿智超乎旧圣贤。
行健水流知不息,
扬清激浊有源泉。

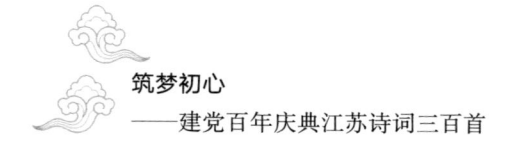

贺建党百年

徐 龙

当时黎庶若惊弓,
誓解倒悬纷乱中。
氛浊四围迷雾白,
灯明一点小舟红。
匡时何惜血犹热,
谋国长怀意自雄。
始愿至今终未改,
丹霞丽日映苍穹。

浣溪沙·百岁翁庆建党百年

徐一慈（百岁诗翁）

十里洋场石库门，
红船世纪史传珍，
锤镰一举定乾坤。

华夏脱贫奇迹始，
江山铁打万年春。
诗翁百岁韵情真。

鹧鸪天·参加庆祝建党一百周年系列活动寄怀

徐于斌

教育寓于庆祝中，
强能凌弱古今同。
河山痛被铁蹄践，
黎庶哀祈国运隆。

当年血，似犹红。
南湖一棹仰初衷。
锤镰十亿高歌奏，
腾起东方看巨龙。

贺建党百年

徐长安

九州昏暗盼黎明，
一面红旗破雾升。
星火点燃天地亮，
赤旌漫卷海河清。
百年奋斗结奇果，
千载鸿图醉晓莺。
国运繁昌环宇羡，
青山绿水尽豪情。

筑梦初心
——建党百年庆典江苏诗词三百首

中央旧址西柏坡

徐长松

共和成伟业,
决策几人间。
号角中心起,
短波天际环。
神筹三战役,
便得半江山。
西柏坡虽小,
风来洗塞关。

中共成立百年礼赞

徐向中

百年擎火炬，
引领奔康庄。
铁臂砸枷锁，
银镰灭虎狼。
五星旗色艳，
九域稻花香。
跃马复兴路，
同心万众昂。

筑梦初心
——建党百年庆典江苏诗词三百首

庆祝中国共产党建党一百周年

徐荣耿

男儿立志补金瓯，
啸傲长空气正遒。
黄浦浪吟惊世曲，
南湖桨启济民舟。
追随马列谋真义，
携手工农竞自由。
伟业煌煌彪史册，
缅怀安得不扬喉。

高阳台·建党百年礼赞

殷桂兰

长夜沉沉,征途漫漫,神州遍地狼烟。
孰忍危亡?英豪胆铁情坚。
书城石库群贤聚,火炬擎,赤帜担肩。
立初心,直捣黄龙,妙奏高弦。

百年复兴谈何易?看南疆填海,北域屯田。
相伴玑衡,嫦娥绕月巡天。
东风劲舞山河碧,惹金牛,醉卧新田。
喜今朝,燕舞莺歌,韵满诗笺。

筑梦初心
——建党百年庆典江苏诗词三百首

纪念建党一百周年

殷毅中

肇自南湖启曙光，
献身奋斗百年长。
先驱英烈开新制，
后继仪刑谱丽章。
日月璧珠民富乐，
河山带砺国雄强。
初心永葆勇精进，
世纪征程从始航。

民族振兴掌舵人

奚必芳

顺应潮流过险滩，
心平航稳挽狂澜。
承天接地迎风雨，
璀璨期颐道更宽。

筑梦初心
——建党百年庆典江苏诗词三百首

八声甘州·中国共产党一百周年诞辰

郭乃英

历沧桑巨变百年间，是处遍高楼。
颂嘉兴胜地，南湖波涌，独领潮头。
岸畔绿绦垂柳，抱碇仰红舟。
记转安驱险，智扮行游。

商略开天辟地，举镰锤奋勇，革命寻求。
恰东方马列，真理结同俦。
党帜扬、从无到有，弱变强、砥柱立中流。
初心证、以民为旨，造福全球。

金人捧露盘·建党百年颂

郭金标

驾游船，开盛会，立宣言。
兴马列，动地惊天。
井冈炮响，赞锤镰齐力毁三山。
举贤遵义，统长征，直抵延安。

东方白，金鸡唱，纲领建，党章颂。
独立站，执政当权。
中枢妙策，让小康之路脱贫寒。
紧跟时代，记初心，共舞婵娟。

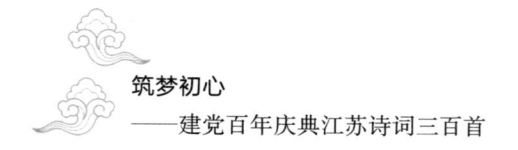

筑梦初心
——建党百年庆典江苏诗词三百首

百年新程

郭明辉

一叶红船酿疾雷,
历经风雨喜梅开。
脱贫足踏安康道,
征旅奋蹄牛劲来。

庆祝中国共产党建党一百周年

郭春红

曾吹号角度经年,
百载光辉壮史篇。
志救苍生推旧制,
肩担社稷换新天。
南湖激荡红船驶,
大地点燃星火传。
万里河山披锦绣,
高歌一首忆先贤。

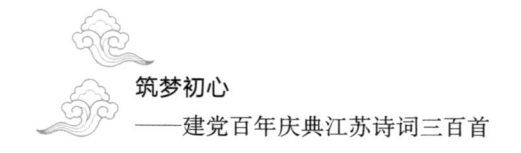

建党一百周年感赋

高秋玲

瓢城蟒水运河通,
彩带红绸一路同。
起舞韶音飞喜鹊,
传歌笑语溢苍穹。
玉船启碇帆浆稳,
利器腾云星月雄。
博浪神鳌穿岸远,
百年华诞鸽翔空。

纪念建党一百周年

高锡球

祖国山河万里娇,
百年建党立新标。
披荆斩棘断魔爪,
破浪乘风铲暗礁。
阵阵春雷惊恶虎,
徐徐细雨育时苗。
高科北斗行天宇,
不忘初心使命挑!

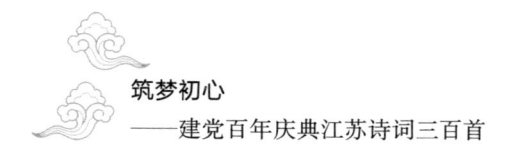

建党百年吟

高霭亭

云暗风寒苦夜长，
南湖星火兴晨光。
红旗漫卷降狂怪，
热血多倾谱彩章。
一路峥嵘千载愿，
三春烂漫万重香。
回眸但为前瞻远，
心铸锤镰昭大方。

庆祝建党一百周年

唐永明

北上挥戈万里程,
终然浴火又重生。
关头举斧三山劈,
舵手开天一柱擎。
道义遵循心更壮,
是非辨别眼犹明。
春秋百载丰碑在,
饮水思源说姓名。

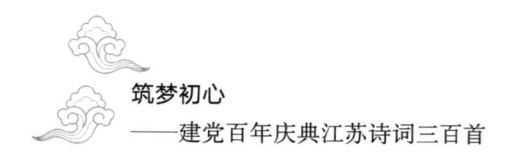

筑梦初心
——建党百年庆典江苏诗词三百首

建党百年感吟

凌秀云

沉沉长夜里，
红舫亮明灯。
一点星星火，
燎原成永恒。

念奴娇·重游南湖

浦耕霖

重游浙北,赏一方新貌,惬意无比。
穿越野途通市镇,别有一番天地。
山谷雄浑,江河清澈,旧貌几更易。
朝阳新出,彩霞凭藉云起。

今喜赤色南湖,画舟溢彩,碧波生红气。
纵使料峭寒意至,只待春风临此。
烟雨楼前,钓鳌矶上,志士留碑记,
我今来此,重温先烈诗史。

中国共产党成立一百周年庆

陶君华

岁月峥嵘已百龄，
锤镰高耸指航程。
神州万里煦阳照，
广厦千城春燕鸣。
改革创新强国力，
科研发展福民生。
和谐富裕小康乐，
锦绣河山盛世迎。

百 年 红

萧宜美

一船星火闯时空，
浩荡燎原盛举隆。
浴血征程怀壮志，
移山鏖战炼英雄。
采珍敢下蛟龙殿，
取宝偏临玉兔宫。
抗疫驱贫多捷报，
九州喜庆百年红。

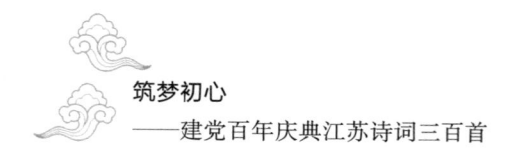

筑梦初心
——建党百年庆典江苏诗词三百首

鹧鸪天·中国共产党百年华诞有感

黄 磊

碧水南湖耀紫光，
红船荡漾党旗扬。
万千志士身先卒，
多少功名身后藏。

谋福祉，保安康。
人间正道是沧桑。
百年风雨兴邦路，
永继初心再启航。

建党一百周年有感

黄太山

七月南湖启火苗，
岌岌华夏泛红潮。
坚持马列翻身路，
掀起工农革命涛。
几度狂澜平错乱，
百年主义创新高。
自身斧正存初始，
世界惊奇显俊豪。

筑梦初心
——建党百年庆典江苏诗词三百首

水调歌头·建党百年献辞

黄永杰

丽日当空照，歌曲唱寰中。
欣逢百载华诞，处处沐东风。
犹记峥嵘岁月，创造人间奇迹，危难做先锋。
重忆昔年事，思绪浪花汹。

南湖会，井冈据，大长征。
唤起民众千万，浴血缚苍龙。
收取金瓯重铸，自立自强开放，国富惠民生。
同筑复兴梦，立党贵为公。

破阵子·叶挺将军

黄绍山

万里夺云剑气，
千回坐甲星霜。
勒石贺汀锤锻铁，
交马江东血一腔。
皖南隙月凉。

引颈冲天大笑，
囚歌破玉成芳。
笃恨国门狼火起，
肝胆无分献祭场。
西风菊又黄。

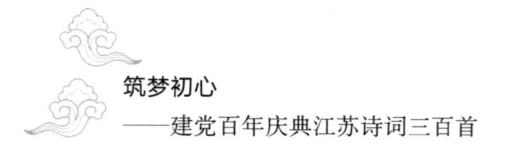

筑梦初心
——建党百年庆典江苏诗词三百首

延安抒怀

黄树生

雪草迷征路，
朝阳有凤鸣。
登山凌宝塔，
极目望延城。
窑洞灯前影，
劳歌格外声。
最堪佳此境，
华夏润之情。

鹧鸪天·建党一百周年

曹 本

一百年春指一弹，
神州万里待重看。
捕蛟沧海心犹在，
揽月长空志未完。

风谁怕，雨无干，
来从街市访湖天。
青山自是金山矣，
绿到潮痕始信然。

蝶恋花·建党百年话脱贫

曹永森

细雨霏霏春汛早。
月半新正,喜讯频传报。
别是人间歌静好,
田头垄上花灯闹。

最爱暖阳扶百草。
绿了乡村,荒野皆灵俏。
功在初心明正道,
熏风醉我繁花笑。

诉衷情·贺建党百年华诞

曹茂良

长风破浪主沉浮，亘古莫能俦！
佳期俊彦又集，正自擘鸿猷。

风日好，管弦稠，促行舟。
初心永葆，小康圆梦，奋楫争流。

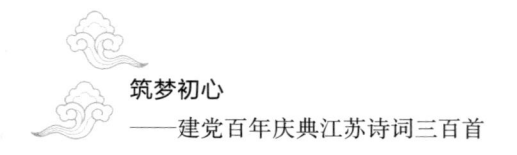

庆建党一百周年

盛莲纯

遥忆当年聚会艰,
南湖波浪洗关山。
书生济世风云上,
将士平戎天地间。
霜剑九州消鬼域,
春风一路到人寰。
千秋不灭丹心在,
黎庶安然尽笑颜。

庆祝建党百年华诞

常 征

觉醒雄狮震宇寰，
千红万紫染江山。
近描远绘未来景，
届处瑶池碧水间。

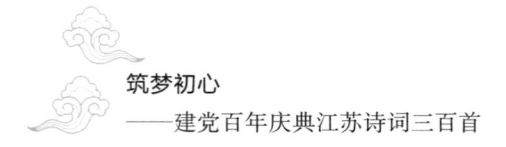

前程似锦吟

常美琴

似锦征程党领航,
传承发展志高昂。
初心不忘为追梦,
富国富家奔小康。

初心不忘续长征

常承献

和风拂柳鸟清鸣,
昂首金牛健步行。
摘帽脱贫千户乐,
勤劳致富万家荣。
顶层设计瞻高远,
内外循环促共赢。
建党百年成果硕,
初心不忘续长征。

减字木兰花·建党百年回眸

宿浩良

扬旗镰斧,
百万工农齐伏虎。
华表歌尘,
破晓东方拥旭轮。

一犁春雨,
塞北江南花满树。
雅志图雄,
再立潮头唱大风。

庆建党百年华诞

韩 玉

天将大任降斯人，
独领潮头一百春。
沐雨经风心不改，
全凭主义长精神。

建党百年颂

韩洪江

举旗沪上亮航灯，
点火南昌奋俊英。
草地雪山留盛誉，
白山黑水铸长城。
抛颅洒血三山覆，
聚力凝心四海荣。
奋战百年功业硕，
中华圆梦宇寰惊。

满庭芳·中国共产党百年辰

彭 春

首聚申城，南湖乘舫，踏浪驱雾寻航。
携工农手，还有学兵商。
重整山河旧貌，布火种，点亮城乡。
图存路，艰辛历尽，北上救危亡。

东方，终喷薄，驱除黑暗，升起朝阳。
九州庆新生，迈步康庄。
协力同心筑梦，扩开放，振翮高翔。
芳菲处，巍巍华夏，昂首创辉煌。

筑梦初心
——建党百年庆典江苏诗词三百首

念奴娇·彩绘百年

葛为平

苍凉六尺，引朱砂一点，纸间飞赤。
只向井冈勾数帜，战马跃空嘶壁。
水碧山青，峰高莹雪，帆底奔腾急。
犁庭栽木，笔端盈满春色。

寥廓如此清氛，推窗面海，泼了千钧墨。
画得通衢云尽处，痕刻百年寻觅。
绿盖人家，金生瘠土，巨舰深蓝弋。
高天留白，一方红印如日。

鹧鸪天·庆祝建党百年华诞

蒋天明

旗舞京都喜讯传,
扶贫精准万农安。
青山秀水春花放,
惠雨和风秋月圆。

顺民意,克时艰,
彩云常在有新天。
潮平风正千帆竞,
更展宏图双百年。

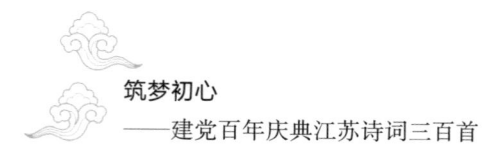

南湖烟雨楼上作

蒋光年

又上南湖斜倚楼,
百年风雨望中收。
一船静泊碧波荡,
霞蔚云飞记胜游。

临江仙·红船颂

蒋成忠

雨骤风狂天地暗,南湖一叶犀舟。
迎潮击浪搏洪流,
匡危越难,历险几沉浮?

旭日东方光万丈,引航四海遨游。
宏图大志立千秋,
百年伟业,看我古神州。

筑梦初心
——建党百年庆典江苏诗词三百首

清平乐·南湖红船

蒋海波

辟涛斩浪，
回首山河壮。
烟雨楼前星火亮，
猎猎旗开北上。

匡时济世骁骖，
先驱浩气凭添。
七月嘉兴风正，
南湖直挂云帆。

红船畅想曲

蒋继辉

曙光一缕照红船,
驶向神州万里天。
赤水劈波曾勇渡,
黄河亮剑再争先。
聚来众力宜划桨,
遇上东风好挂帆。
多少漩涡等闲过,
航程遥望彩虹宽。

筑梦初心
——建党百年庆典江苏诗词三百首

鹧鸪天·中国共产党建党一百周年颂

蒋瓒曾

湖上红船在亚东，
锤镰光闪日方中。
众星带领云龙舞，
一马当先剑气冲。

兴禹域，靠工农，
三山推倒有元戎。
神州巨变连天碧，
一百年来万象雄。

党庆百年感赋之红军抢渡

嵇尚文

波涛浩荡多闲意，
岁月艰危不断行。
赤水河宽何足隔，
金沙江急几人惊。
一时上得魂犹壮，
从此前看路更明。
喜极百年同庆际，
最能共忆是长征。

沁园春·庆祝中国共产党成立一百周年

程越华

梦起苍茫，舟起南湖，号起秋宵。
若春雷惊蛰，振聋发聩；醒狮焕目，逐鹿驱枭。
万里长征，雄关抽剑，敢与玄穹试比高。
顺民意，以步枪小米，领帜擎标。

改天换地今朝，
令九域生灵挺直腰。
为开来继往，先忧后乐；一肩使命，百代传挑。
重扭乾坤，复元气概，强国安邦作信条。
书新史，问恢恢寰宇，谁比风骚？

渔家傲·贺中国共产党建党一百周年

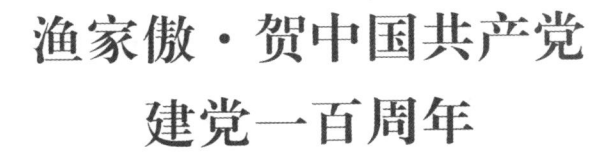

程璧珍

回首长征艰苦路,
百年不倒红旗舞,
霞映雪山千仞处,
征程赴,
齐歌慷慨衷情诉。

壮士驱驰艰险度。
心中有党开迷雾,
万里天涯宏志慕,
东风妒,
且看全国家家富。

满江红·庆祝中国共产党建党一百周年

储长林

锤子镰刀，旌旗举、征程指向。

一百年、红心展志，黎民为上。

驱逐凶倭云雾扫，灭歼顽蒋声威壮。

党引导、建国立东方，高歌唱。

开放好，春风荡。

新时代、崇信仰。

克日正圆梦家邦，小康兴旺。

合力同谋天下事，防微善策妖风挡。

庆华诞，永远记初心，帆迎浪。

为中国共产党建党一百周年作

焦佃毕

火种星星红船中，
锤镰锻淬号农工。
撕开夜幕破昏黑，
拯拔黎民脱厄穷。
固守遐疆操重器，
放飞梦想搏长空。
回眸百载奋争路，
猎猎旌旗映日红。

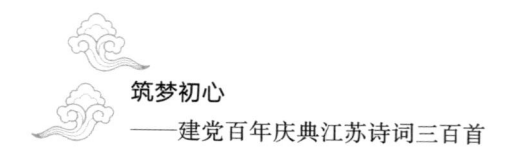

强 军

鲍荣龙

砥砺复兴强国防,
践行宗旨有担当。
精兵操演惊顽敌,
重器观瞻慑虎狼。
巨舰犁波巡远海,
战鹰冲汉戍边疆。
潜研胜略筹坚壁,
打造雄师保永昌!

破阵子·庆启明祝建党百年华诞

蔡棣华

石库门中灯亮，
南湖破浪红舟。
三座大山推倒了，
四亿人民日出头。
赤旗遍九州。

摆脱贫穷落后，
创新发展筹谋。
民族复兴圆梦想，
不忘初心更上楼，
龙飞凤舞讴。

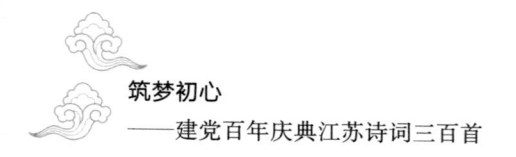

筑梦初心
——建党百年庆典江苏诗词三百首

百年星灯心底亮

蔡煜伦

沪上星灯照,
南湖桂棹行。
燎原湘楚地,
播火陕甘坪。
眼底东方白,
心中北斗明。
长安棋局里,
两个百年成。

颂中国共产党百年

樊惠彬

辟地开天启赤船，
风云际会举枪拳。
由来信仰犁荆道，
始自幽灵照暗年。
创业几多鲜血洒，
为民一路激情燃。
先贤立党千秋计，
喜看新英逐梦前。

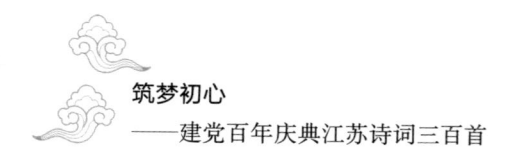

筑梦初心
——建党百年庆典江苏诗词三百首

庆祝建党一百周年抒怀

颜廷云

风雨兼程献赤诚，
红船帆正旭阳升。
诸君盛世扪心问：
可记当年引路灯？

党诞百年有颂

潘一新

万里金风试一吹,
声华推处足追随。
不须摩刻燕山石,
求实为民心即碑。

筑梦初心
——建党百年庆典江苏诗词三百首

怀念周恩来总理

潘仁奇

十里长街孤月沉,
九州缟素泣英魂。
中华崛起少年志,
黎庶康居赤子心。
戎马洪都鸣战鼓,
平章禹甸运经纶。
清风两袖欣然去,
大义千秋载后坤。

百年党魂塑英雄

潘业国

丰碑阅罢我心惊,
始信红旗血染成。
愤看山河逢劫路,
痛携剑戟踏征程。
硝烟北国头堪断,
薪火南湖骨再生。
挺脊乾坤扬毅魄,
初衷如一爱分明。

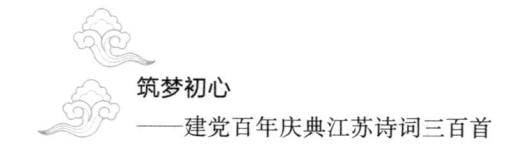

筑梦初心
——建党百年庆典江苏诗词三百首

建党百年颂

薛太纯

霁霞是日蔚南湖，
映照红船万里途。
抱志拯民甘蹈火，
许身报国愿抛颅。
震惊风雨泣神鬼，
收拾河山入画图。
使命不辞艰且巨，
初心犹问有和无。

建党一百周年有感

薛招娣

碧浪红船初启航，
风锤火炼铸华章。
积贫积弱贤能聚，
民泰民安主义扬。
总为初心攀万仞，
又融使命赴千汤。
星垂月涌江山好，
镰斧腾龙胜大唐。

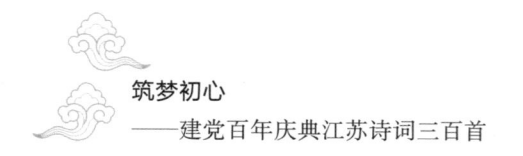

筑梦初心
——建党百年庆典江苏诗词三百首

庆祝党百年华诞

戴 伟

永不忘初心，
先锋接力行。
硝烟洗大礼，
血汗洒长征。
革尽江山旧，
重光日月新。
百年歌伟业，
华夏正中兴！

庆祝建党一百周年

魏新义

华夏辉煌贺诞辰,
南湖画舫指明晨。
红旗猎猎前程起,
旭日盈盈锦绣春。
开放卅年强国力,
腾飞百载富黎民。
与时俱进神州美,
使命担当梦想真。

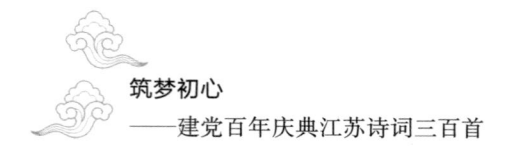

满庭芳

魏福英

华夏千年,乾坤百转,锤镰魂铸如磐。
勇歼顽敌,浴血拯河山。
横扫内忧外患,民族立,礼赞英贤。
雄鸡唱,旌旗猎猎,崛起好家园。

梅红春万里,山青水碧,日暖霞丹。
练虹贯西东,飞艇鹰旋。
月榭田畴北斗,安居乐,钢铁城坚。
争朝夕,初心逐梦,兴盛亦陶然。

祭雨花英烈

魏艳鸣

古来英烈雨花多，
曜曜千秋浩浩歌。
松叶有灵长寄梦，
一园翠色绕青萝。

三 部分评委作品

鹧鸪天 · 庆祝建党一百周年

钟振振

十级风掀百丈涛，
泰山一笑对喧嚣。
舰巡岛链西沙远，
网覆寰球北斗高。

天可路，海能桥。
动车掣电走惊飙。
中华速度今何似？
奔月船飞箭在霄。

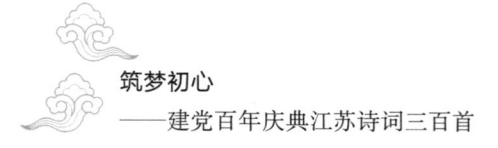

对 联

徐 红

民心所向晴川汇海；
众望同归丽日中天。

楚宫春慢·过嘉兴南湖
为建党百年而作

赵克舜

平湖丽日,向天地人间,铺满春色。
岛屿弄晴,泉水穿林凝碧。
对此幽思万种,却不道、豪情难释。
叹指江山,钩起了、一抹沧桑,几缕少年心迹。

英雄去后,依约有、无限风云消息。
烟雨小楼,万福桥边篷楫。
数个中华弟子,振臂起,神州传檄。
笑主沉浮,仗禹剑、旧制横裁,再造工农家国。

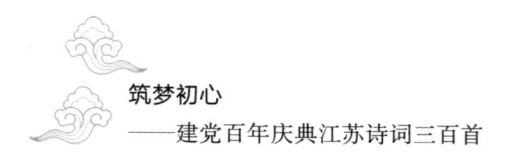

筑梦初心
——建党百年庆典江苏诗词三百首

卜算子·初心永恒

杨学军

守正创佳篇，
自信谋新谱。
脉动追随时代音，
重把灵魂塑。

老木也成林，
活水由根注。
经世良方何所寻，
柳暗花明处。

沁园春·建党百年颂

舒贵生

一艘红船，驶出南湖，驰向汪洋。
战惊涛骇浪，三山推倒；扬帆稳舵，四海领航。
烟雨朦胧，风云叱咤，万里鲲鹏浩气扬。
神舟起，更飞天翔宇，探秘天堂。

中华盛世荣昌，
喜举国脱贫达小康。
看风和日丽，山青水秀；民安时泰，国富兵强。
不忘初心，担当使命，奉献忠诚肝胆张。
新时代，展锤镰风采，重铸辉煌！

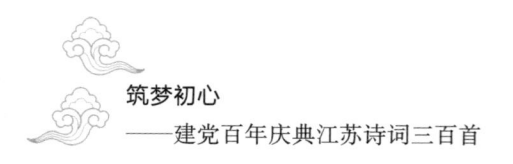

建党百年感怀

渠芳慧

神州暗夜响惊雷，
骤雨狂飙洗秽埃。
俄尔乾坤风雾散，
一轮红日海东来。

虞美人·济南战役

朱思丞

打通胶济交通线，
剑指黄河岸。
战旗招展向泉城，
围点打援筹略，妙准精。

疾风骤雨催残叶，
攻夺如翻雪。
固防岂赖石碉坚？
唯有民心伟力，可擎天。

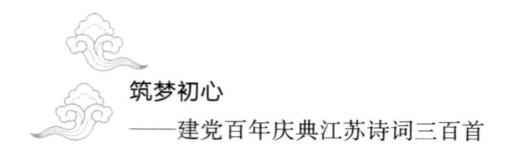

建党一百周年感赋

尹国庆

激浊扬清万里流,
丹心碧血百年酬。
历经坎坷初衷在,
民族复兴筹远谋。

e